자유, 그리고 또 다른 세상……

현실에게 짓밟힌 우리에게 에바는 있다. 그래도 에바는 없다.

시사터치 하라주쿠 통신

시사터치 하라주쿠 통신

채라 지음

난 날 초월할 권리가 있다

왜 일본 관련 서적의 30%는 일본인을 경제 동물로만 취급하고, 그 서적의 태반은 일본인을 섹스 동물로만 취급할까? 어느 나라에나 있기 마련인 사회의 어두운 면만을 집중 조명해서 일본인을 섹스 동물로 취급해야만 역겨운 내셔널리즘을 만족시킬 수 있는 것일까?

왜 일본인을 세계화의 조류 속에서 객관적인 시각으로 보는 책은 없는 것일까? 설사 그런 책이 있더라도 한국의 일본에 대한 잘못된 인식과 선입견의 한계를 왜 벗어나지 못할까?

내가 이 글을 써야만 했던 까닭은 위에서 언급한 것처럼 일본에 대한 잘못된 인식과 선입견의 한계를 벗어나 보고 싶었기 때문이다. 그러다가 문득 이런 생각을 했다. 경제 성장이 사회의 질까지 높이는 것이 아닌데도 초고속 경제 성장의 일본만 모방하는 한국, 한국이 본보기로 삼을 만큼 일본이 괜찮은 나라인가. 그래서 난 일본의 진실을 밝혀야겠다고 마음먹었다.

하지만 내가 이 글을 쓸 수밖에 없었던 궁극적인 이유는 숨쉬고 싶었기 때문이었다(이 글을 쓰지 않았다면 아마 미쳐 버렸을지도 모른다). 그러나 글이 완성된 지금, 또다시 갈증에 허덕이고 있는 내 모습을 본다. 거울에 비춰진 내 모습은 한없이 창백하다. 한없이 투명에 가까운 창백함, 너무도 투명해서 내 속이 훤히 들여다보인다. 아, 난 이 글을 쓰면서 나의 마음을 20년만에 들여다본 것은 아닐까. 일본을 알기 위해 글을 쓴 것이 아니라 단지 나를 알기 위해……. 결국 내 안의 나를!

내가 이 글을 쓰면서 중점을 둔 것은 두 가지다.

첫째는 간결함의 미학이다. 일방적으로 나의 견해를 강요하기보다는 독자 스스로 판단할 수 있도록 했다. 마치 나의 열세 살을 뒤흔들었던 명작 <지상의 양식>(앙드레 지드)에 쓰여진 글, 『만일 내가 너의 이불을 깔아 주면 너는 그 이불에서 잘 수 없다. 만약 내가 네게 물을 떠다 주면 넌 그 물을 마실 수 없다.』에서처럼.

두 번째는 책에 대한 고정관념을 깨는 것이었다. 문장을 읽어야만 내용을 알 수 있는 것이 아니라 문장을 읽지 않고, 보는 것만으로도 작가의 생각을 전달할 수 있도록 했다. 따라서 '배우의 몸짓 169'에서는 169자를 통해 일본인의 모습을 형상화해 보았다.

난 내 젊음이 좋다. 외적으로 느껴지는 싱싱함이 좋고 내면에서부터 나오는 도전 정신이 좋다. 그래서 난 하루라도 더 젊었을 때 책을 쓰고 싶어서 한 달간 밤을 새다시피하며 글을 썼다. 한 달간 정신적으로는 풍요로웠지만 육체적으로는 잠이 부족해서 무척 지쳐 있었다. 하지만 집안이 기울면서 시작한 신문 배달을 멈추지 않았다. 때로는 배달 중에 오토바이를 탄 채로 졸기도 했다. 그러나 졸면서도 나는 달리고 또 달렸다. 그래야만 정신이 바짝 들었기 때문이다.

 난 이렇게 나름대로 치열하게 살면서 이 글을 썼다.

―21C D-530에서 529로 넘어가는 찰나에

채라

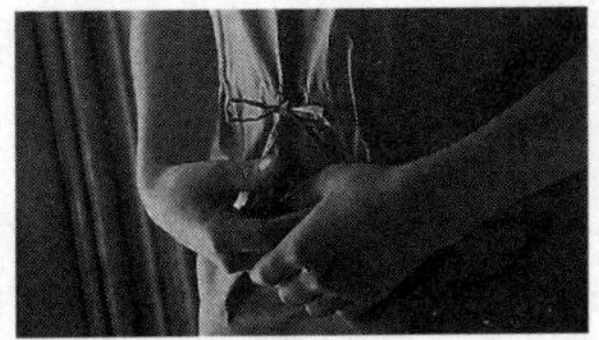

시사터치 하라주쿠 통신/차례

[1] 사회에 불만 있는 사람을 위하여

DJ의 DJ

common now, are you ready?
난 랩퍼 DJ라고 해.
난 창시자이기도 했었어. 대중경제론의 창시자
이기도 했었어.
난 대변자이기도 했었어. 근로자와 중소기업의 대변자이기도 했
었어.
하지만 요즘 노동자들 등을 돌렸지.
내게 등을 돌렸지.
왜냐고 묻지 않았지. ye ye ye —

일본 TV CM에서 난 웃고 있지.
오늘도 난 웃으며 말하고 있지.
새로운 한국을 만나러 오라고 말하고 있지.
하지만 HH는 알고 있지.
요즘 내 심경이 웃을 기분이 아니란 걸 알고 있지.

안쓰러워하지, HH가 날 안쓰러워하지.
안쓰럽지, HH가 난 안쓰럽지.
우리 사랑 영원하지. common hiho, common my baby, hiho —

난 반대했었어.
대기업 정리해고 반대했었어.
대통령이 되기 전까지만 반대했었어.
하지만 난 변했어.
화장실 들어갈 때와 나올 때는 기분이 달랐었어.
그리고 도입했어.
난 도입했었어.
정리해고 도입했었어.
대통령에 취임하자마자 도입했었어.
게다가 난 따랐었어.
IMF 지시에 따라 금융 긴축정책 계속했었어. 은행의 대출 기피
이어졌었어. 중견 기업 잇따라 도산했었어. 실업자 증가했었어.
결국 등을 돌렸어.
실업자 내게 등을 돌렸어.
내게 등을 보였어.
그들은 내게 말했었어. 화장실 갈 때와 나올 때 다른 것과 다를
바 없다고 말했었어.
하지만 난 항변했었어.
그것과 다르다고 항변했었어.
순전히 역사의 아이러니일 뿐이라고 무언의 항변을 했었어.

슬펐어. 너무 슬펐어.

역사의 아이러니가 너무 슬펐어.

하지만 이젠 울지 않아.

왜? 난 현실주의자니까.

누구처럼 관념론자가 아니니까.

ye-go DJ, go DJ, go DJ노믹스 ye — common DJ노믹스

난 봤어. 넌 봤어. 우린 봤어. 서점에서 봤어.

국민과 함께 내일을 연다는 책을 우린 1998년에 서점에서 봤어.

적혀 있어. 그 책에 적혀 있어.

내가 강조한 것이 책에 적혀 있어.

난 강조했었어. 민주주의와 시장경제의 양립적 발전을 강조했었어.

난 그것으로 호소했던 거야. 구조개혁으로 인해 닥칠 국민의 고통에 대한 이해를 호소했던 거야. 그랬던 거야, 거야, 거야.

난— 알아요 넌 알아요?

DJ노믹스 알아요?

그건 말예요, 이런 거예요.

한국의 시장자유화를 요구하는 IMF, 민주주의를 원하는 우리들의 DJ 사이에서 적절하게 타협하고자 하는 것이 바로 그것이에요.

바로 그것이 DJ노믹스란 말예요.

다시 말해 볼까요? 다시 말해 볼래요.

IMF 지원했던 거야. 580억 달러 지원했던 거야.

그 조건으로 한국에 시장원리 적용했던 거야.
그것은 글로벌 기준에 기초를 둔 금융 시스템 개혁이었던 거야.
한편 난 나대로 생각이 있었던 거야.
이 기회에 민주주의를 형해화(形骸化)시킨 정경유착을 근절하고
싶었던 게 내 생각이었던 거야.
난 결국 외줄타기를 했던 거야.
민주주의와 시장경제 사이에서 외롭게 외줄을 탔던 거야.
외롭게 탔던 거야, ye —

나는 랩퍼, 이제 난 말하려고 해.
DJ노믹스로 인한 결과를 랩으로 말하려고 해.
DJ노믹스 결과 기업 개혁 신속히 이뤄졌었지.
하지만 근로자도 신속히 쫓겨났지.
근로자 눈에서 신속히 눈물 나왔지.
다이 다이 현다이 종업원 8천2백 명 신속히 쫓겨났지.
그들의 눈에서도 눈물 나왔지.
내 눈에서 피눈물 나올 뻔했었지, ah — ye

일찍이 대중경제론에서 난 대변자였었지.
근로자와 중소기업의 대변자로서 난 민주화 추진하려 했었지.
그랬었지, 하지만 시대는 날 가만두지 않았지, ye

It's an irony of history, ok?
아이러니 아이러니, 역사의 아이러니.

알고 보니 알고 보니 DJ의 아이러니.

안고 보니 안고 보니 근로자와 중소기업을 안고 보니 너무 무거
웠었어.

그래서 그랬었어.

그래서 내던졌었어.

근로자와 중소기업을 안고 보니 너무 무거워서

그래서 내던졌었어.

그러나 이것은 사실이 아닐 수도 있어.

| 사회 |

난 평준화를 증오한다

 사람들은 착각하고 있다. '인간의 능력은 평등하다고' 정말 증오스러운(?) 착각이다.

한·일 교육의 딜레마는 바로 이같은 착각에서 비롯된다. 인간의 능력이 평등하다고 착각하다 보니 오로지 학교 성적만이 그 사람의 모든 것을 대변한다. 학교 성적 1위의 학생은 그야말로 최고라는 평가를 받는다. 동시에 학교 성적이 맨끝인 학생은 '졸지에' 무능한 사람으로 낙인 찍힌다. 그리고 그 학생은 뭘해도 못할 것이라는 착각까지 하게 된다. 이 또한 증오스러운 착각이 아닐 수 없다.

사람들은 착각하고 있다. '입시의 과잉 경쟁이 문제라고' 정말 어리석은 착각이다.

경쟁이라는 것은 피할 수 없는 것이다. 그러나 입시의 과잉 경쟁 자체는 문제가 안된다. 오히려 점점 더 가속화되고 있는 세계화 시대의 무서운 경쟁에 대비할 수도 있으니까. 또한 우스운 말로 대학 측에서는 좀더 '주입식 암기'를 많이 한 학생을 뽑을 수 있을 테니까 말이다.

사람들은 착각하고 있다. '문제아이는 나쁜 아이라고'. 정말 파렴치한 착각이다.

시원찮은 한·일 교육제도에서 문제아이가 '탄생'되지 않는 게 오히려 문제다. 한·일의 문제아이는 다듬지 않은 보석과도 같다. 적어도 그들은 자신들을 '조종'하는 부모나 선생님을 향하여 나름대로 자신의 의사 표시는 했으니까. 그것은 자아에 눈을 떴다는 것으로써 마땅히 축하해 줘야 할 일이다. 그런데 진짜 문제는 그런 식의 폭발을 하지 않는 아니, '하지 못하는' 아이들이다.

공부도 하기 싫으면서 폭발도 못하는 그런 문제아이들 말이다. 폭발하지 '않는' 아이는 제도권의 학교 교육이 적성에 맞는 아이이고, 폭발하는 아이는 적어도 자기 자신을 속이지는 않지만 폭발 못하는 아이는 학교에서 말 그대로 들러리밖에 되지 못한다. 즉, 하나의 주체가 아니라 폭발 '않는' 아이의 들러리로서 존재 가치가 거의 없다는 말이다. 중요한 점은 폭발하는 것이 아니라 폭발한 다음이다. 일단 폭발은 짧고 굵게 끝내고 곧바로 자신이 원하는 길로 가야 한다. 그렇지 않고 가늘고 길게 폭발하다 보면 청소년기는 다 지나가 버리고 폭발은 무의미하게 될 뿐이다.

10대들에게 꼭 해주고 싶은 말이 있다.

"폭발 못하는 건 자신을 속이는 거다."

모든 인간은 최고가 될 수 있다. 하지만 인간은 모든 것에서 최고가 될 수는 없다. 결국 중요한 것은 개성이다. 한·일 교육의 가장 큰 문제점은 '개성 말살'이다.

예전에 일본이 경제적으로 급성장했을 때 '재팬배싱'이 한창(물론 요즘도) 주장된 적이 있다. 그 주장에 따르면 일본은 남이 만든 것을 모방해서 남의 지혜를 통해 경제 성장을 해왔고 일본 스스로의 발명을 할 수 있는 '개성'을 기르지 못했으니 마침내 일본이 1등이 된 지금, 누구를 모방할 거냐는 식의 비아냥거림이었다. 물론 일본의 교육 수준은 높다. 하지만 그 교육이란 것이 개성을 길러주는 것은 아니다.

이 문제에서 한국도 결코 자유로울 수 없을 것이다. 만약 한국도 경제 서열 1위가 되는 그날이 온다면 '코리아배싱'이란 말을 듣게 될 것이다.

지금은 세상을 떠났지만 당대에 세기적인 천재라는 평을 받던 고 전혜린 씨가 쓴 책에 이런 글귀가 있다.

『부모들이 자식에게 공부하라고 강요하는 것은 부모가 자식에게 할 수 있는 가장 비열한 짓이다.』

사람들은 착각하고 있다. '공부 못하는 아이는 게으르다고' 정말 역겨운 착각이다.

공부 못하는 아이는 나름대로의 의사 표시일 뿐 게을러서가 아니다. 오히려 그 아이는 공부 이외의 어떤 것에 혼신의 힘을 다하고 있거나 그럴 준비가 되어 있다고 봐야 옳다. 그런데도 사람들은 특히 한국인과 일본인은 교실 안에서의 평가 기준을 교실 밖에서도 평가하려는 억지를 보인다. 다시 말해서 학력 평가를 인간 평가로 혼동하는 것이다. 이 때문에 해마다 명문대 부정 입학이 끊이질 않는다. 획일적으로 서열을 매기는 것만큼 저속한 것은 일찍이 없었다.

여태껏 일본은 미국과 유럽의 문명을 재빨리 모방해서 지금의 경제 대국을 건설했다. 하지만 지금 일본은 모방의 한계를 느끼고 있다. 지금까지는 평준화 교육 덕택에 개성은 없었을지라도 패전 후 단기간에 일본이 경이적인 경제 발전을 할 수 있었던 밑거름이 되어 주었다. 하지만 '지금까지' 효율적이었다는 것일 뿐 평준화를 고수한다는 것이 '앞으로는' 비효율적일 것이라는 것을 눈치챌 만큼 한계에 다다랐다. 그래서 요즘 일본에서는 17세라도 대학 입학이 가능하다는 특례를 마련했다. 하지만 '월반'에 관한 논의는 논의에서 파묻혀 버리고 허용되지 못했다. 그것 또한 '인간의 능력은 평등하다'라는 착각에서 비롯된 것이다.

학생마다 능력이 다르고 하고 싶은 것이 다른데 친구가 월반을 한다고 해서 왜 자존심이 상한단 말인가. 자신도 다른 일에서는 월반하는 친구보다 더 뛰어날 수 있을 텐데. 오히려 공부 잘하면서 제도의 한계 때문에 월반 못하고 시간 낭비하는 친구를 가엾게 여겨야 하는 게 당연한 것 아닌가.

도시에 사는 그대들에게 묻고 싶다.

"진정 그대를 숨막히게 하는 것이 무엇인가? 탁한 공기인가? 아니다. 이 사회의 어리석은 착각과 선입견이 그대를 숨막히게 만들 뿐이다."

사회

한국 매스컴＝메스꺼움

 가끔 스포츠 뉴스를 보다 보면 속이 메스꺼움(?)을 느낀다. 스포츠 자체를 즐기기보다 승부에 대한 집착으로 자국의 내셔널리즘을 충족시키려 하기 때문이다. 특히 한·일 축구전은 지나치다. 한국 매스컴은 경기 시작 며칠 전부터 '국민의 자존심이 걸린' 경기라며 홍보를 한다. 그럴 때면 난 속으로 이렇게 생각한다.

'웃기네, 국가의 자존심이 그토록 가벼운 거야?'

과연 일본의 매스컴도 한국처럼 홍보해야만 국민들의 비위를 맞출 수 있을까?

몇 해 전 월드컵 유치 결정 직전에 일본의 신문 여론조사에서 월드컵 유치의 결과에 대하여 60%가 관심 있다고 했고, 한국에서는 86%가 관심 있다는 결과가 나왔다. 확실히 한국이 스포츠에 국가의 자존심까지 거는 재미있는 사람들이 일본보다 조금 더 많다는 것을 알 수 있다.

예전에 한국은 지금처럼 스포츠에 국가의 자존심을 걸지도 않았고, 그렇기 때문에 매스컴에서도 스포츠 경기를 가지고 지금처럼 자존심을 들먹이는 메스꺼운 홍보를 하지도 않았다. 1981년 10월, 한국이 서울 올림픽 유치를 일본의 나고야와 경쟁해서 이겼을 때도 한국의 매스컴은 조용히 넘어갔을 뿐 지금처럼 흥분하지는 않았다. 그때는 지금과 달리 매스컴에서 메스꺼움을 아무리 보여도 국민들에게 먹히지 않아서 홍보에 역행하는 꼴일 뿐이었기 때문이리라. 모든 것은 수요가 있어야 공급이 있듯이 현재 한국의 매스컴이 메스꺼움을 유발하는 것도 나와 생각을 같이하는 일부의 한국인을 제외하고 대부분의 한국인이 매스컴의 행태에 대해 메스꺼움을 느끼지 않고 매콤함을 느끼며 자국의 자존심이 걸렸다는 것을 스스로 더욱 강하게 자각하며 매스컴에 동조하기 때문이리라.

그렇다면 왜 예전에는 매스컴의 메스꺼움이 먹히지 않았을까? 그때는 한국이 '지금에 비해' 약체였기 때문은 아닐까? 승부 근성이라는 것도 상대가 싸울 만하게 보여야만 생기고 또 싸울 맛도 나는데, 그 당시 한국 경제는 약했기 때문에 지금처럼 흥분하지 못한 것은 아닐까? 그런데 88년 북방 외교에 의한 대외관계의 확대 등으로 국제적 지위가 향상되고 민주화에 의한 정치 발전뿐 아니라 경제적으로도 많은 발전을 거두자, '이제는 일본 만만해.' 하고 생각하면서 스포츠를 빌미로 자존심 대결을 하는 것은 아닐까?

이러한 심리가 일본에 비해 못하다는 이른바 재팬 콤플렉스에서 기인한다는 것은 누구나 다 아는 사실일 것이다. 이러한 태도는 비단 스포츠 문제만이 아니라 독도 문제에서도 마찬가지다. 일본 국민들 중에는 절반 이상이 독도가 어디에 있는지조차 모를 정도로 독도 문제에 무관심한데도 불구하고 한국에서는 독도유사(獨島有

혼자 흥분하는 사자가 꼭 한국 매스컴 같죠?

事)에 대비한다며 군사 훈련을 벌이고 TV에서는 하루가 멀다하고 동쪽 해상을 향하여 총구를 겨누는 경비대원의 용맹한 모습이 방영되었다. 일본 자위대는 독도 경비에 무관심한데, 한쪽에서만 흥분하는 모습이 애처로울 뿐이다.

안타깝게도 한국의 매스컴은 일본의 무관심한 모습은 모두 편집하고 일본도 한국처럼 자존심을 걸고 투지에 불타는 것처럼 보여줘서 한국인의 흥분을 잠재우지 않게 한다.

그도 그럴 것이 승부에 관계없이 스포츠 자체를 즐기고 독도에 무관심한 모습을 보여주면 김샌 콜라처럼 맥이 풀려 지금까지 매콤하게만 느껴졌던 매스컴의 태도가 메스꺼움으로 느껴져 결국에는 장사가 안되기 때문에, 즉 매스컴의 상업주의가 막대한 손해를 입기 때문에 이런 결과를 가져온 것이다.

그뿐이겠는가. 시청자들은 그동안 매스컴의 상업주의에 농락당하고 그 결과 상대는 관심도 없는데 자신들만 일방적으로 북치고 장구치고 했다며 분노할 것이기 때문이다.

한국의 동아일보와 일본의 아사히 신문이 실시한 공동 여론조사에서 일본을 싫어하는 한국인은 1984년에 39%였던 것이 1988년에는 51%로 되었으며 1990년에는 66%가 되었다. 그리고 한국을 싫어하는 일본인은 같은 연도에 19%, 21%, 23%의 추이를 보였다. 그렇다면 한국은 현재, 66%였던 1990년보다 국력이 강해졌으므로 일본을 싫어하는 비율도 더 높아졌을까? 아니라고 말 못하겠다.

2002년 월드컵 한·일 공동 개최의 모습만 봐도 알 수 있다. 한·일간의 역사인식을 모르는 외국인이 보았을 땐 공동 개최가 한·일 양국의 우호와 신뢰관계의 결정체처럼 보이는 게 사실이지만 역으로 생각해 보면 한·일 양국의 우호와 신뢰관계가 얼마나 형편없었으면 공동 개최를 했겠는가 생각해 볼 수 있다.

2002 월드컵 공동 개최가 결정된 다음에, 한국의 매스컴에서는 메스꺼움의 결정체라고 할 수 있는 일본인에 대한 인신 공격에 가까운 내용을 방영했다. 매스컴에서는 정몽준 대한축구협회회장과 나가놀아, 아니 나가누마 켄 일본축구협회회장의 인물이나 심지어 학벌까지 비교 분석했다. 정 회장은 영어를 잘하는데 나가누마는 통역원에 의존했다느니, 정 회장이 서울대 출신인데 나가누마는 칸사이의 사립대 출신이라느니, 정 회장은 붙임성도 좋고 활달한데 나가누마는 붙임성이 없어서 나가놀았다느니, 만약 한국축구협 회장이 현대그룹의 국제파 경영자인 정몽준이 아니라 나가누마처럼 축구선수 출신에 말주변도 없었다면 과연 한국 매스컴에서 이번과 같은 비교를 했을까? 도대체 경영자와 운동선수를 가지고 학력을 비교한다는 것이 웃기지도 않는다.

　그래, 어떻게든 일본을 이겨 보고 싶어서 그랬을 것이다. 또한 좋게 봐준다면 높은 승부 근성을 칭찬할 수도 있을 것이다. 하지만 그 승부가 페어플레이가 아니라면 애기는 180도로 달라진다. 대기업의 경영자와 운동선수의 학벌을 비교한 것은 아무리 좋게 봐주려 해도 페어플레이가 될 수 없는 비겁한 행위인 것이다. 진정 한국의 과제는 극일이 아니라 극콤플렉스가 아닐까?

이 모든 괴로움을 또다시

왜 난 괴로울까?

그것은 지금부터 다룰 내용 때문이다.

'일본 문화 개방 논란'

이제 난 그것이 무늬만 논란이며, 왜 논란의 여지가 없는 논란인지 말하려고 한다.

지난 33년 동안 한국은 일본 문화를 거부하면서 그 이유를 이렇게 말했다. "문화 속국의 가능성이 염려된다"고. 그리고 문화 속국의 가능성에 대한 이유는 이렇게 말했다. "한국은 일제 36년 동안 독자성과 주체성이 많이 손상되었으며 그 상처는 아직 치유되지 않았기 때문에 지금 일본 문화가 개방되면 한국 문화는 일본 문화에 완전히 동화될 것이다."

즉 서로 다른 민족이 문화를 교류하려면 두 민족 사이에 문화적 특성과 차별성이 전제되어야 하는데 한국은 일제 36년 동안에 문화적 차별성이 많이 손상되었기 때문에 이 상태에서의 일본 문화 유입은 쌍방의 문화 교류가 아니라 일방적인 문화 동화일 뿐이라는 말인데……. 글쎄, 그런 이유를 이해하려고 애쓰면 이해할 수도 있겠지만 난 생각이 다르다.

우선 일본 문화를 상류 문화와 하류 문화로 분류했을 때 국내 시장을 잠식할 가능성이 충분히 있는 애니메이션이나 게임 등은 하류 문화다. 하류 문화에는 일본의 주체적인 생각 같은 것은 존재하지 않는다. 따라서 일본의 애니메이션이나 게임이 국내 시장을 잠식하더라도 한국 문화가 일본 문화에 동화될 수는 없다고 본다.

구차한 설명일지 모르지만 문화는 양질의 문화에서 저질의 문화로 흐른다는 것이 진리다. 한국 문화가 일본의 하류 문화보다도 더 하류가 아니고서야 문화 동화는 있을 수 없다. 그리고 한국은 전후 미국을 비롯한 수많은 외국으로부터 문화를 받아들였음에도 한국 문화를 지켜 왔다. 그 말은 한국 문화가 독자성을 가지고 있다는 말과 같은 것으로써 일부의 주장처럼 일제 36년 때문에 한국 문화는 독자성이 없다는 말과 상충된다. 그래서 한국 문화가 독자성을 가지고 있다고 자신있게 말할 수도 있다.

이러한 한국 문화의 강인함과 우수성에 한국인이 문화 동화를 우려한다는 것은 스스로를 너무 과소 평가하는 것에 불과하지 않을까? 그렇게 일본이 무서울까? 그렇게 두려워하는 자신이 싫지는 않을까?

다른 이유라면 조금은 이해할 수 있지만 문화적 동화를 이유로 일본 문화를 거부하는 사람들에게 난 이렇게 말해 주고 싶다.

"치유되지 않은 건 한국 문화의 독자성이 아니라 그대의 피해의식일 뿐."이라고

입장을 바꿔 생각해 보라. 문화적 동화를 이유로 일본 문화를 거

부하는 한국인이 일본인의 눈에는 얼마나 우습게 보였겠는가. 아마 일본인들은 이렇게 생각했을 것이다.

점잖은 일본인 : 한국은 너무 폐쇄적이군. 자고로 문화란 최대한 자유로운 환경에 있을 때 발전하는 법인데 자유로운 문화 교류가 허용되지 않는 아주 답답한 나라야. 무늬만 민주주의 국가이지 민주주의의 가장 중요한 요소 가운데 하나인 '표현의 자유'가 없는 나라야. 왜냐하면 통제된 문화 교류 속에서 예술인의 자유로운 표현은 불가능하니까.

과격한 일본인 : 겁쟁이, 아직까지 과거에 연연하는 좀팽이, 하나는 알고 둘은 모르는 녀석들. 이제야 문화 교류를 하면서 그것도 모자라 논란을 벌여?

한국의 일부 구세대들이 지난 33년간 일본 문화를 거부해 오면서 줄기차게 써먹었던 말 중에는 문화적 동화에 대한 우려 외에도 '민족적 감정'을 언급해 왔다.

그래, 민족적 감정…….

그럼 일제 36년의 치욕 때문에 일본 문화를 거부하는 것은 민족적 감정을 만족시키는 것인가?

아, 답답하다!

일본 문화를 거부하는 것이야말로 일제 36년의 상처를 스스로 인정하는 것이기에 우리 민족의 감정을 또다시 치욕스럽게 하는 것 아닌가. 그렇게 울타리를 치면 아무런 영향도 받지 않을 것이라고 생각했을까? 만약 그런 착각으로 지난 33년간 일본 문화를 거부했다면 일본인이 보기에 얼마나 우스워 보였을까?

진정으로 민족적 감정을 생각해 보지도 않고 단지 피상적으로만

들먹이며 일본 문화 거부를 주장했던, 그리고 아직도 일관성 있게 주장하는 사람들이……. 글쎄…….

일본 문화가 공식적으로 개방되기 전부터 일본 문화는 한국에 존재해 왔다. 그 때문에 일본 제품의 모방이나 카피가 성행해 왔다. 한국의 영상산업이 오리지널러티를 상실하고 한국 방송계가 일본 방송계를 따라하며 한국의 작곡가, 가수가 일본의 작곡가와 가수를 따라하는 한국 예술계의 일련의 표절 행태의 이유가 바로 그것인데, 일본 문화의 비공식적 개방 말이다.

그러나 이제 한국 문화의 독자성은 일본 문화의 개방으로 더욱 빛을 발할 것이고 지금까지의 빗나갔던 민족적 감정이 한 차원 성숙된 모습으로 변할 것을 난 믿는다.

시사

추락하는 모든 것은 날개가 있을까?

 아! 이 얼마나 아름다운 사람들인가!

자신의 가장 소중한 것을 바쳐서라도 그것이 애국하는 길이라면 주저하지 않고 행하는 그녀들의 용기에 박수를 보낸다. 세상에 이보다 더 가슴 뜨거운 사연이 어디 있단 말인가. 조국의 어려운 경제를 걱정해서 '몸 바쳐' 외화를 벌어 보겠다는 그녀들의 넘치는 인간미가 요즘같이 각박한 세상을 사는 사람들에게 햇빛 찬란하리만치 따스한 메시지로 한국인의 마음에 다가온다.

진정 그녀들은 날개 없는 천사인가 보다. 아니면 날개를 잃어서 하늘로 올라가지 못하고 있는 것일지도……. DJ는 도대체 뭘하고 있단 말인가. 이토록 훌륭하고도 고결하신 그녀들에게 대통령상을 수여하지 않고……. 진정 그녀들은 유관순 누나보다 더 나라를 사랑하는 게 틀림없다. 이제 여기서 그녀들이 나라를 위해 지금까지 행해 온 국위선양의 발자취를 숭고한 마음으로 더듬어 보자.

먼저, 일부이긴 하지만 고귀하신 그녀들의 전직은 모델, 신인 탤

런트, 연극배우, 명문대학생, 대학원생, 외국 항공사 직원, 백화점 직원, 보험 설계사 등 사회의 각계각층에서 빛나는 활약을 보이셨지만 오직 애국하고 싶은 일념으로 윤락알선업자, 아니 애국알선업자에게 모여드신 분들이시다. 그녀들은 한국에 관광온 일본의 사업가, 야쿠자 조직원 등에게 자신의 몸을 잠시 대여하시고 하루에 최소 5만 엔 상당의 외화를 벌어서 그녀들의 넘치는 애국심을 만족시키셨다.

이토록 고귀하신 그녀들 중에는 애국하고 싶은 일념이 너무 솟구쳐서 조금이라도 더 국위선양을 하려고 '주경야독'이 아닌 '주독야애국'으로 일본어를 배우셨다고 한다. 일본어를 하는 애국 여성에게는 50만 엔 상당의 프리미엄이 붙었으니까. 일본인들은 대체로 키가 작고 귀여운 여성이나 가슴과 키가 큰 글래머 여성을 선호해서 일부 애국 여성들은 자신의 몸에 칼까지 댔다고 한다. 그 옛날 새끼손가락 마디 하나를 잘라낸 애국지사 도산 안창호 선생님보다도 더 애국지사가 바로 그녀들인 것이다.

전직이 백화점 직원 출신인 한 천사는 단골손님을 잡은 덕택으로 5년 동안에 4억 원 이상을 벌어 부모님께 집도 사드렸다고 한다. 하늘은 스스로 돕는 자를 돕는다는 말을 실감하는 대목이다. 오로지 불타는 애국심으로 시작한 일 덕분에 효행까지 하게 된 그녀의 거룩함에 절로 고개가 숙여진다.

그런데 맑은 하늘에 날벼락도 분수가 있을진대 어떻게 애국심에 불탄 그녀들을 일본인에게 소개해 주는 애국 알선업자를 경찰에서 체포할 수 있단 말인가. 1998년 11월, 애국 알선업자를 체포한 경찰은 왜 고귀하신 분들을 도와주신 분들을 검거했어야 하는지……

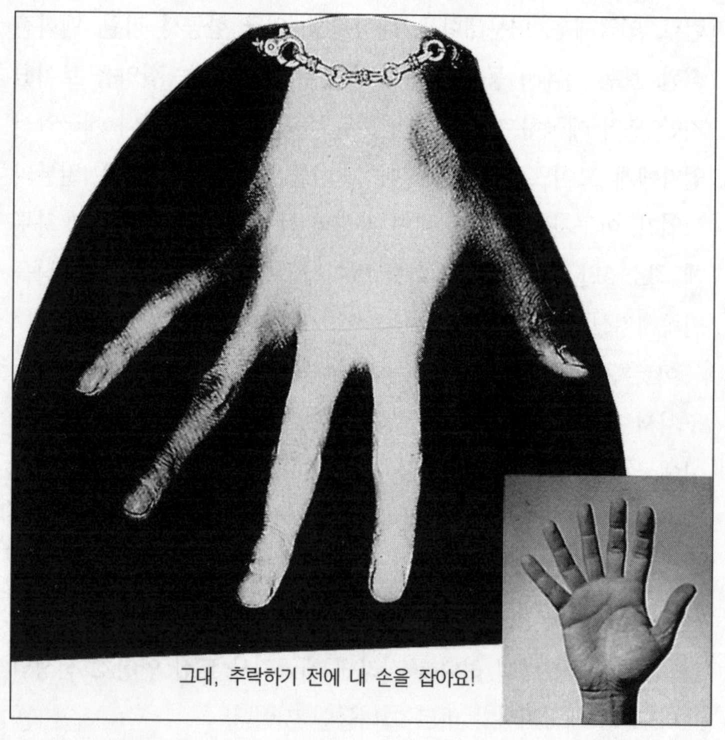

그런데 더욱 가관인 것은 고귀하신 애국 여성들의 행적을 더럽히는 경찰의 발언이었다. 경찰의 표현을 빌리면, "한국이 매춘 관광국이라는 인식을 근절시키려면 윤락알선업자를 검거해야 한다."는 것이다.

도대체 이게 웬말인가.

애국 관광국이 아니라 매춘 관광국이라니,

그래, 매춘 알선업자, 매춘 알선······.

매···춘······.

난 이 글을 쓰는 동안이나마 믿고 싶었다.

그녀들이 애국심에 불타서 한 일이라고

애국심에 불타서, 그렇게라도 나 스스로를 위안하지 않으면 도대체 터질 듯한 치욕을 어떻게 잠재울지 몰랐기 때문에……

추락하는 모든 것에는 이유가 있을 것이다.

그녀들에게 묻고 싶다.

"그대의 이유는 엔 벌이였습니까 아니면 앵벌이였습니까?"

오스트리아의 시인은 이런 말했다.

'추락하는 모든 것은 날개가 있다.'

난 그녀들에게 마지막으로 묻고 싶다.

"진정 그대에게도 날개가 있는가?"

정치

재팬일보는 각성하라

 모름지기 신문의 역할은 '사회 질서 유지'를 위한 것도 아니며 '여론 조작 수단'도 아니다.

모름지기 신문 편집자는 '신문을 편집하는 데 있어서 관료의 편에서 관료를 도울 것을 선서'해서는 안된다. 신문 편집자는 정확한 보도로 대중의 알 권리를 충족시켜 주어야 한다. 설사 그 보도로 인하여 사회 질서의 혼란을 가져오더라도 말이다. 사회의 질서를 지킨다는 명분 아래 여론을 날조해서는 안된다는 말이다.

일본인이 관료나 기관의 의견을 비판 없이 믿는다는 것을 이용해서 신문의 사설로 여론을 조작한다는 것은 비열한 짓이다. 지금까지 일본이 관료의, 관료에 의한, 궁극적으로 관료만을 위한 관료 국가일 수 있었던 것은 일본 신문들의 관료를 향한 보호막이 없었다면 불가능했을 것이다.

난 일본 신문사로 이런 편지를 보내고 싶다.

To. 친애하지 않는 재팬일보 편집부

그대들의 직함은 재팬일보 편집부인가, 아니면 관료 뒤치다꺼리 부인가. 그대들이 일본인들에게 심어줘 왔던 것은 사실인가, 아니면 환상인가.

이러한 질문 자체가 무의미하다고 생각하는가. 그대들은 지금껏 정치인은 부패했고 관료만 깨끗하다는 환상을 일본인들에게 심어 줬다. 뿌린 대로 거둔다는 말이 있듯이 그대들이 그러한 환상을 일본인들의 뇌리에 너무 깊이 심어 버렸기 때문에 기대가 크면 실망도 크듯 관료 부패가 일본의 온 천하에 알려진 지금, 일본인들의 충격은 말로 다 형언할 수 없을 정도로 크다.

그대들은 국민들이 그렇게도 만만해 보였는가. 제아무리 국가 권력이 자기 멋대로 해먹기 위해 국민들을 하향 평준화시켜서 뭉툭하고 무지하게 만들지라도 '이젠' 일본 국민들도 그대들의 환상에 농락당하지 않을 것이다. 일본 국민이 지난 1995, 1996년 받았던 충격을 어떻게 잊을 수 있겠는가. 일본 국민들은 그때를 잊지 않고 있다.

당시 처음으로 세상에 밝혀진 관료들의 비리는 일본 국민들에게 더 없는 충격이었다. 지방 관료들이 세금을 훔치고 서류를 위조하며 공금을 남용하다니. 또한 자기 지방의 보조금을 더 많이 타기 위해 중앙관료에게 요정 접대를 하고 지방 관료들이 먹은 음식을 공금으로 기재하며, 출장 수당을 턱없이 반복해서 타내고 중앙관료들의 수뢰사건까지, 후생성 차관이 현금 6,000만 엔을 수뢰하고 골프 회원권은 물론……. 당시 중앙 관료의 이름이 공개되었을 땐 자치단체들이 공문서를 위조하고…….

더 이상 열거하고 싶지도 않다. 지면만 더러워지니. 사실 난 일본인이 아니라서 혹은 순진하지 못해서 이 일을 매스컴을 타기 전부터 예상하고 있었기에 충격이 덜했지만 거의 대부분의 일본인들은 관료는 착하다고 생각했기 때문에 큰 충격을 받았던 것이다.

그 충격은 마이클 조던이 코트를 떠났을 때 나이키에서 받았던 조던 쇼크에 뒤지지 않는다. 왜냐하면 그때까지 일본에서는 그대 같은 신문팔이들 뿐 아니라 온갖 매스컴에서 일본 정치 구조 문제의 원인으로 관료가 언급된 적이 한 번도 없었기 때문이다. 게다가 신문사들은 관료를 돕기 위해 매년 쇼까지 벌였다. 대중의 관심을 돌리기 위해 정치인의 개인 윤리를 들먹이면서 말이다. 그 쇼는 데미 무어가 스타링(Starring)했던 영화 <쇼걸>을 능가하는 수준까지는 못했다.

그런데 아이러니컬하게도 <쇼걸>로 인해 데미 무어가 대중의 외면을 받은 반면, 쇼걸보다 못한 일본 신문사들의 '정치인안토니오반데라스(액션영화 THE MASK OF 'ZORO'의 주연 배우) 만들기 쇼'도 아닌 '정치인안커지오만져봐도[에로영화 THE MASK OF 'ZOROO'의 주연 배우(?)] 만들기쇼'는 매년을 똑같은 레퍼토리(정치인 개인 윤리)로 우려먹어도 일본 대중의 이목을 집중시켰고 궁극적으로는 대중의 관심을 진짜 문제(관료)에서 빗나가게 하는 데 성공시켰다는 것이다. 이럴 땐 일본인의 쉽게 지루해 하지 않는 인내(?)를 칭찬해야 하는 건지 아니면 눈치 없는 순진함을 비웃어야 하는 건지…….

도대체 안토니오반데라스도 아니고 네시도 아닌, 안커지오만져봐도가 뭔가? 정치인이 그렇게도 만만했는가?

하기야 일본 정치인이 만만하기는 했을 것이다. 머리로 보나 정보량으로 보나 관료를 이길 수 없었을 테니까. 힘센 관료에게 편승하는 일본 신문사들의 입장을 이해하지 못하는 것은 아니지만 이해하기 때문에 용납될 수 없는 문제다. 정치인이 관료에 비해 더 월등하다고 '말이라도' 할 수 있는 것 단 한 가지가 정력인데, 그야말로 남은 자존심을 세워 줄 마지막 보루가 정력인데 그것까지도 일본 신문사들은 홍어 거시기로 만들며 자존심을 꺾어 놓았으니 정치인들이 얼마나 자존심에 큰 상처를 받았겠는가. 여기서 정력을 정치인들이 관료보다 더 월등한 점이라고 자신있게 말할 수 있는 이유는 '무식한 게 힘만 세다'라는 옛말이 대변하므로 더 이상 설명하지 않겠다.

물론 여기서 무식의 기준은 절대적 개념이 아니라 상대적 개념이므로, 관료에 비해서 정치인이 상대적으로 무식하다는 의미이므로 일본 정치인들은 너무 자존심 상해 하지 말았으면 좋겠다. 그나마 겨우 있는 일말의 자존심이 상하면 안되므로……. 아무려면 하향 평준화된 일본 국민들보다 무식하겠는가?

지금 이 글이 일본 정치인을 변론하는 식으로 쓰여지고 있는데, 쓴 김에 한 마디 더하겠다. 원래 내 성격이 강한 자에게는 강하지만 약한 자에겐 약하므로.

일본 정치인은 매년 관료를 대신해서 모든 잘못을 뒤집어써 왔다. 정치인에게는 사실 큰돈이 아닌데도 큰돈을 거머쥔다면서 말이다.

왜냐하면 일본에서 정치인이 선거에 당선되기 위해서는 선거구에 사무실 차리랴, 신년에 연하장 돌리랴, 또한 당선이 되고 나서도 거금을 사용하지 않으면 안되는 형편인 것 그대들도 잘 알지 않는가.

물론 돈이 아니라 정치 능력으로 경쟁한다면 좋을 것이다. 하지만 신문에서 정치인 개개인에게 잘못이 있는 듯 떠들어대는 건 옳지 않다. 왜냐하면 이런 금권정치는 정치인이 만들어 낸 것도 아닐 뿐더러 정치인 한 사람의 힘으로 제도를 바꿀 수도 없는 것이기 때문이다. 설마 아직까지도 시대 역행적인 마르크스주의적 논법에서 헤매고 있지는 않겠지?

이것으로 난 일본 신문사에게 할말 다했다. 이제는 그대들이 우리 한국 신문사들에게 편지를 보내 주기 바란다. 가는 말이 고와야 오는 말도 곱다는데, 내가 일본 신문사들을 많이 비판했으니 그대들도 한국 신문사를 향하여 최대한 신랄하게 비판해 주길 기대한다. 내가 바라는 것은 그것뿐이다.

지금 한국 신문사들은 자신들의 등을 긁어 줄 도움의 손길이 필요하다.

1999

CHE LA

정치

그래도 한국 관료보다는 낫다

요즘 한창 일본에서는 관료 비판에 열을 올리고 있다. 믿는 도끼에 발등을 찍혀도 분수가 있다면서. 여태껏 일본 관료는 깨끗하고 똑똑하다는 평판을 들어 왔는데 알고 보니 독선적이라느니, 전문적 정책 능력이 부족하다느니, 윤리적으로 부패했다느니, 민간기업에게 낙하산 인사를 강요한다느니 하면서.

사실 지금까지 일본에서는 관료만 확고하다면 일본은 문제 없다는 생각이 사회적 이해였으며 많은 일본인들이 관료는 고결한 사람들이라고 믿어 왔다. 그런 의미에서 지금의 관료 비판이 이전보다 더욱 고조된 것은 이같은 관료에 대한 기대가 무너지면서 실망감이 고조된 것이라고 할 수 있다. 난 이런 상황에서 일본인들에게 한마디 하고 싶다.

"그래도 한국 관료보다는 낫다."

관료가 오만하기는 한국이나 일본이나 매한가지다. 하지만 한국의 경제 관료는 오만한 데서 그치지 않고 쓸데없이 관념적이다. 한국의 경제 관료들은 한국이 무슨 힘이 있다고(힘이라고는 흉어 거시기와 쌍두마차를 이루면서) 미국 정부 고관이나 경제 정책 담당자들 사이에서 자신들의 감정을 만족시키기 위해 미국을 야리고(얕보고) 그러다 보니 국제적으로 신뢰가 바닥에서 굼벵이 춤을 추고 있다.

개인의 신뢰관계는 외교 교섭의 기본이다. 도대체 이같은 기본조차 무시하면서 어떻게 일국의 경제 관료라고 할 수 있겠는가. 물론 한국이 독립 이후 미국의 부당한 대우에도 꼼짝 못하고 항상 "옴메, 기죽어." 하면서 참아 오다 보니 미국에 대한 반발심을 가질 수는 있다. 하지만 그것은 국제 정치의 냉정한 현실일 뿐 감정적으로 맞설 일은 아니다. 그럼에도 싸구려 내셔널리즘을 드러내며 미국의 요구에 감정적으로 대응하는 것은 바람직하지 못하다. 이런 상황하에서 한국은 금융 위기가 닥쳤으니 한국 정부의 고관이 미국으로부터 기피당하지 않을 수 있겠는가.

반면 일본 관료는 적어도 실리 외교의 기본이 무엇인지는 알고 있다. 한국 관료와 일본 관료 아니 한국 관료들과 일본 관료들의 가장 큰 차이점이 무엇인지 아는가? 바로 눈빛이다. 한국 관료들의 눈빛을 보라. 의욕이 보이는가? 정열이 보이는가? 오직 극히 일부의 관료가 의욕을 가지고 일할 뿐 나머지는 수박 겉핥기식이다. 물론 이런 상황이 비단 한국 관료들의 문제만이 아닌 세계적으로 일반적인 경향이지만, 그러나 일본 관료들은 다르다. 자정이 넘어서도 환하게 불을 밝히는 카스미카세키(중앙 관청)를 보라. 일본만큼 다수의 관료가 높은 직무 의욕을 가지고 열정적으로 일하는 나라는 세계적으로도 드물 것이다.

이뿐만이 아니다. 정치적 압력에 맞설 수 있도록 공공성 확보를
규율화하고 있기도 하다. 관료 인사가 그 기관의 내부에서 이루어
지므로 공정성이 요구될 뿐만 아니라 맡은 바 직분에 대한 사명감
을 조성하여 양질의 행정을 꾀할 수 있다.

물론 경우에 따라 관료 윤리의 저하를 동반하여 부패를 조장할
수도 있지만 말이다. 이러한 이유로 일본의 관료제는 여태껏 대단
히 높이 평가되어 왔고 그런 평가가 틀린 것만도 아니다. 하지만
기대가 크면 실망도 크듯이 요즘 일본인이 관료로부터 받은 실망은 대단하다. 그토록 일본인을 실망시킨 일본 관료, 관료제의 문제점을 살펴보자.

우선 그 전에 현재의 관료 인사부터 살펴보자. 일본의 각 성·청에 매년 국

가 공무원 시험 1종 합격자 중에서 간부 후보생으로 약 30여 명 혹은 그 이하의 인원을 채용한다. 이중에서 경제직이나 법률직으로 채용된 관료가 사무관이 되고 그 외에 이계(異系)의 시험 과목에서 채용된 관료가 기관이 된다.

사무관과 기관을 통틀어 커리어 관료라고 하는데 커리어 관료의 대부분은 사무관의 몫이다. 왜냐하면 각 성·청의 최고 간부가 되는 것은 사무관이기 때문이다.

이렇게 채용된 관료는 평관료를 시작으로 지방 근무, 유학 등을 거치면서 승진을 시작한다. 승진은 입성(入省) 연차를 기준으로 일제히 승진이 이루어지며 본성의 과장까지의 승진은 보장된 것이나 다름없다. 그렇다고 경쟁이 없다고 생각하면 오해다. 같은 서열의 자리라도 그 나름대로의 서열이 있기 때문이다. 즉, 1과 2라는 서열에 보이지는 않지만 1-1, 1-2, 1-3의 서열이 있는 것이다. 그리고 그 서열은 관료의 직무 수행 능력에 따른다. 어려운 일을 잘 수행해 내지 못했다는 평가를 받으면 중요한 자리를 빼앗기게 된다. 이 때문에 일본의 관료는 장거리 경주처럼 오랫동안 경쟁에 직면하게 되므로 일할 의욕을 지속시킬 수 있게 되는 것이다.

이제 이같은 인사 시스템에 따른 일본 관료, 관료제의 문제점을 살펴보자.

첫째로 일종의 왕자병을 들 수 있다. 자신이 최고라고 생각해서 자신의 잘못을 인정하지 않으려 하는 태도다. 이같은 왕자병 말기의 태도를 유발시킨 이유를 따질 때 일본 관료제의 인사 관행을 빼놓고는 이야기를 할 수 없을 것이다. 출발 때의 구분에 따라 성의 과장까지 저절로 승진이 되다 보니 왕자병에 걸리는 것도 무리는 아닌 것 같다. 이처럼 왕자병 성향을 보이는 관료는 반드시 색출하여 자위행위대학교 아니 자위대에서 왕자병 근성을 고치지 않으면 일본 관료의 오만은 좀처럼 흔들리지 않을 것이다.

둘째는 한국 국민들과 공감대를 느낄 수 있는 관료 윤리의 부패성이다. 얼마 전 <공무원은 상전이 아니다>라는 책을 보고 느낀 점은 '겨우'라는 생각뿐이었다. 즉, 공무원 비리의 천태만상이라고 카피라이팅이 되어 있었지만 그 책에 쓰여진 것은 빙산의 일각일 뿐이었다. 가령 레스토랑에서 주요리가 나오기 전에 식욕을 돋우기 위해 나오는 샐러드나 수프 따위의 에피타이저 수준을 벗어나지 못한 것이다. 그도 그럴 것이 그토록 방대하고 순간 순간 쏟아지는 관료의 부정부패를 책 한 권으로 담으려는 시도 자체가 난센스였을 것이다. 굵직굵직한 익스트랙트만 뽑아도 상중하 3권은 넘을 텐데……

이제 일본 관료의 윤리적 부패로 공감대를 느껴보자. 일본 관료들은 자신들의 부패를 합리화시키기 위해 이렇게 말한다.

"사전 교섭의 자리로서 회식을 잘 치러내는 것이 인사 평가에서 이로우므로 과잉 접대나 수뢰는 당연한 것입니다."

하지만 그런 말의 목적과 수단이 도착(倒錯)된 것임을 일본 관료들이 모르지는 않을 것이다.

셋째는 전문적 정책 능력의 부족이다. 한마디로 똑똑하지 못하다는 얘기다. 이러한 현상에는 이유가 있다. 그 이유는 마치 일부의 사내들이 가지는 착각에 비유할 수 있다. 일부의 사내들은 여러 명의 여자와 갈 때까지 갈수록 스스로 유능한 사내라고 착각하고 한 여자에게 몰두하는 것을 무능한 태도라고 착각한다. 일본 관료들도 특정한 분야에 깊은 지식을 가지는 것을 무능한 태도라고 여긴다. 그런데 이것은 일본 관료들이 착각하는 것이 아니고 현실에 입각한 현명한 생각이다. 왜냐하면 일본 관료제에서 승진하기 위해서는 전문적 능력보다는 다른 성·청과의 조화나 정치가와의 절충 등이 더욱 중요하기 때문이다. 앞에서 비유한 사내는 착각일 뿐이지만 일본 관료는 현실적인 대응이라고 할 수 있다. 실제로 승진을 위해서는 한 분야의 행정만을 전문적으로 하는 것이 오히려 승진을 가로막는다.

이같은 일본 관료의 문제점을 해결하기 위해 여러 가지 개선책이 제시되고 있다. 그중의 하나가 외부로부터 인재를 등용하는 것이다. 실제로 최근에는 외부 인사 도입을 상당히 적극적으로 하고 있다. 이것은 관료의 폐쇄성을 깨부수기 위한 방편이지만 아직까지는 적지 않은 문제가 남아 있다. 가장 큰 문제점은 교각살우(橋角殺牛)의 경우처럼 정치적 임명을 정책 실시에 관련된 부서로 확대함으로써 생기는 행정의 정치적 중립성 상실이다. 아무쪼록 일본 관료제의 개혁이 잘 이루어지기를 기대한다.

적당히는 이제 그만, 이제 그만

 우리는 적당히가 문제다. 너무 안일하다.

일본에서는 적당히란 말이 한국에서처럼 대중화되어 있지는 않지만 유독 '행정'에서 만큼은 적당주의가 한국을 능가하려 한다. 많은 세금을 내고 수준 높은 복지를 누리든지 적은 세금을 내고 낮은 수준의 복지를 누리든지 어느 쪽이냐고 묻는다면 일본 정부는, "적당히, 다시 말해서 복지에 드는 비용을 정부와 개인이 1대1로 나눠서 하자."고 말한다.

그야말로 일본 국민에게는 적당히 곱하기 적당히 즉, 사정없이 불안한 정책인 것이다. 왜냐하면 최종적으로 정부가 어느 정도의 부담을 하느냐는 앞으로의 경제 성장에 따라 달라지는데, 만약 일본의 성장이 제로 성장에도 미치지 못한다면 많은 세금을 내고 수준 낮은 복지를 누려야 하기 때문이다. 그때 가서 일본 정부는 국민들에게 이렇게 말할 것이다. "일본 정부가 잘못한 게 아니다. 단지 예기치 못한 돌발 상황이다."

이러한 변명은 일본 정부가 미래를 내다보는 전망을 적당히, 안일하게 했다는 적당주의를 더욱 극명하게 할 뿐이다.

지금까지 일본의 연금을 포함한 복지 정책 등은 일본의 경제 성장을 전제로 해왔다. '어떻게 되겠지.' 하는 식으로 적당히 의존해서 설계된 정책은 상정한 대로의 성장이 실현되지 않으면 끝짱(끝에서 짱이라는 의미로, 아무것도 아니라는 뜻)인 것이다. 지금이 어떤 시대인가. 한국을 비롯한 동아시아 국가들이 커가고 있는 실정에서 복지 정책을 오로지 경제 성장의 전제에 의존하는 것은 안일한 전망이다.

한국에서도 최근에 국민 연금의 대중화 시대를 맞았다. TV 광고에서는 세금을 많이 낼수록 더 많은 혜택을 받게 되므로 세금을 많이 내줄 것을 은근히 강요하고 있다. 이 광고를 본 한국인들은 다수가 이렇게 묻고 싶을 것이다.

"세금을 많이 내면 정말 더 많은 혜택을 받을 수 있나요? 혹시 나중에 가서 연금 재계산이다 뭐다 해서 지급 개시 연령을 5년 더 늦춘다든지 급부 수준을 40% 정도 인하한다든지 따위로 적당히 넘어가는 것 아닌가요?"

한국인이라면 충분히 이런 의문을 가질 수 있다. 그것은 한국인이 부정적인 사고방식을 가졌기 때문이 아니라 지금까지의 행정이 한국인으로부터 신뢰를 쌓지 못했기 때문이다.

요즈음 한국, 일본 할 것 없이 외치는 것이 행정개혁이다. 일본에서는 생산의 경쟁과 효율성을 위해 규제 완화를 주장하고 있다. 여기서 말하는 규제 완화는 정부 기능의 축소를 의미하지만 모든 면에서의 축소는 아니다. 적어도 사회의 안정만큼은 정부가 지켜야 한다. 국민의 신뢰가 없는 정부의 기능을 확대한다는 것은 국민이 용납하지 않는다.

요즘 일본 국민들은 노령화 사회의 도래에 대해 '적당히' 걱정하고 있다. 서기 2000년이 되면 일본이 세계 제일의 고령화 사회가 될 것이라는 것에 대한 '막연한' 걱정이다. 이제 여기서 일본인들의 그런 걱정이 걱정할 문제가 아닌 그야말로 '막연한' 걱정일 뿐이라는 것을 확인해 보자.

현재 일본인들이 '적당히' 걱정하는 것은 고령화 사회의 도래에 따른 연금 등의 재정 부담의 증가이다. 이제 그 문제를 적당히가 아닌 '정확히' 따져 보자. 일본의 국민 1인당 GDP는 미국보다 1만 달러나 많으며 영국의 배에 달한다. 따라서 국민 1인당의 부담액이 아무리 초과해도 미국 국민들보다는 더 많은 소득을 수중에 넣을 수 있다. 부양면에서도 한 집안의 가장이 1명의 배우자와 3명의 자녀를 합해 4명을 부양하는데 2020년에는 국민 4명이 노인 한 명을 부양해야 하므로 4.25명을 부양하는 셈이라서 별반 차이가 없다. 물론 고령화 사회의 문제가 금전적인 문제에만 국한되는 것은 아니지만 적어도 지금처럼 '막연하게' 적당주의에서 기인한 두려움은 버려도 좋다는 말이다(설마 지금 이 글을 읽고 계시는 독자께서는 책의 내용을 '적당히' 이해하고 계시는 것은 아니시죠?).

이제 한번 눈을 북조선으로 돌려보자. 위대한 수령 아니 혹대한(혹만 큰) 김일성이 숨진 후 수년간이나 왕세자 김정일이 후계 즉위를 할 수 없었던 것은 지 아비의 카리스마 대신 적당히 하려는 안일주의가 김정일에게 있기 때문이다. 그래서 요즘은 궁여지책으로 김정일을 신격화하려고까지 하고 있다. 그래야만 북조선 국민들에게 퍼져 있는 김정일은 No.1이 되기에는 카리스마가 전혀 없는 '적당한' 놈이라는 인식에서 김정일=신으로 될 것이기에…….결국 서열 2위에서 넘봐 1, 다시 말해서 No.1로 바꿔 나가고 있다. 무슨 신이냐구? 여기서 보면 그야 물론 고무신이다. 하지만 고무신이라 하더라도 정일이한테는 과분하지 않겠는가? 정일이 팔아도 고무신 한 짝 사기 힘드니까.

어떤 식으로 신격화하냐구? 나도 북조선에 가본 적이 없어서 100%는 모르므로 '적당히'만 말하면, 북조선 노동 기관지 로동신문이나 조선중앙방송에서 김정일이에 대한 선전이 나오는데, 내 나름대로 풀어 보면 "우리 당과 우리 민족 더 나아가 세계에서 모든 사람들이 미치도록 사랑하는 정일이, 정일이를 사랑하지 않는 사람이 한 사람도 없으며 빨치산에서 X빠지게 쳐들었던 정일이의 빨간 마후라 혹은 붉은 깃발, 사랑하는 내 나라 내 조국." 뭐 이런 식이 아닐까.

적당히는 이제 그만, 이제 그만 알죠?

②2 뒤끝 있는 위트

시사

한·미·일 합작영화 '핫 아이스바' 시사회

<캐스트>

클린턴 : 홀린털

직장 동료 : 미 야당의원

르윈스키 : 느끼스키

힐러리 : 들러리

이웃 주부 : 미 야당의원의 처

인사과장 : 스타 검사

<소품 협찬>

북경반점 : 철가방, (주)**좋은 사람** : 망사팬티,

<제작, 각본, 총감독>

CHE LA

사회자 : 우리 조국 일본은 세계화의 조류 속에 역행할 수 없어,

한국의 감독님과 손을 잡고 이번 영화 '핫 아이스바(Hot Icebar)'를 제작했습니다. 본 작품은 일본 사택에서의 사생활 보호 부재의 현실을 고발함과 동시에 현재 미국은 물론이고 전세계의 이목을 집중시키고 있는 핫 이슈인 끌린턴의 지퍼게이트라는 두 가지 이슈에 초점을 맞췄습니다. 따라서 본 작품의 시나리오 구도는 지극히 사실적인 구도 외에 다소 풍자적인 요소가 가미되어 있고 영화의 흥행성을 고려해서 다소 유치한 대사를 삽입했습니다.

본 작품의 압권은 S#.6에서 르윈스키가 클린턴의 직장 동료로 출연한 미 야당의원에게 매수되어 인사과장으로 단역 출연한 스타 검사에게 허위 진술을 하는 장면인데, 바로 이 문제의 장면 때문에 본 작품의 각본과 총감독을 맡으신 채라 감독께서는 온갖 압력에 시달리셨으며 목숨까지 위태로우셨지만 불굴의 정신으로 이번 작품을 완성하셨습니다.

이번 영화에서 20년간 무명이었던 배우 홀린털이 주연을 거머쥘 수 있었던 결정적인 이유는 그가 모든 면에서 빅맨(BIG MAN)이었기 때문입니다. 즉, 일본인치고는 코가 상당히 크고 머리도 크며 본 영화의 하이라이트라고 할 수 있는 오럴섹스 신을 완벽히 소화할 만큼 그것이 컸기 때문입니다. 자, 이제 마이크를 20년 연기 경력에 안 어울리게 형편없는 연기력으로 작품의 완성도를 떨어뜨린 홀린털에게 넘겨보죠.

홀린털 : 무엇보다도 어머니께 감사드립니다. "어머니, 저를 정력이 X도 아닌 보통의 일본인에 비해 강력한 X력의 소유자로 낳아주셔서 이번 영화에서 주연을 맡게 해주신 데 대해 캄사. 그럼 마이크를 이번 영화로 일약 스타덤에 올랐으며 저와 호흡을 맞춘 톱

스타 느끼스키 양에게 넘겨보겠습니다.

느끼스키 : 저는 지금까지 살아오면서 저의 느끼한 이미지를 최대의 콤플렉스로 여기며 살아왔는데 이번 작품 활동을 계기로 저의 콤플렉스는 사라졌습니다. 그리고 저와 똑같은 콤플렉스를 느끼고 있을 르윈스키 양에게 한마디 할게요. "르윈스키 언니, 언니의 매력은 딱 한 가진데 바로 느끼함이야."

사회자 : 그럼 마지막으로 이번 영화에서 대사가 한마디밖에 없었지만 속는 눈빛 연기를 잘 소화해서 작품의 완성도를 높인 배우 들러리 양을 소개하겠습니다.

들러리 : 제 바람이 있다면, 다음에 클린턴이 지퍼를 내릴 때 힐러리가 아무 말 없이 속지 않고 말 한마디라도 클린턴에게 건네서 차기 작품인 '핫 아이스바 2'에서는 제가 대사 한마디라도 더 하는 것입니다. I'LL BE BACK.

사회자 : 방금 들러리 양의 I'LL BE BACK이란 말이 의미심장하게 들리는군요. 게다가 '핫 아이스바 2'를 찍는다는 얘기가 나온 것도 아닌데 그토록 자신있게 말씀하시는 것을 보니 힐러리 역을 소화하기 위해 너무 완벽하게 몰입하다 보니 힐러리 여사의 심중을 꿰뚫고 그녀를 대변한 말이 아닌가 하는 생각이 듭니다. 자, 그럼 본격적으로 영화를 시작하겠습니다. 아참, 잠깐 극장 예절에 대해 한 말씀 드리겠습니다. 우리가 영화를 볼 때 삐삐, 핸드폰 소리 '난나 난나나' 이거 배신, 배반적 행위입니다.

홀린털 : 진동은요?

사회자 : (홀린털의 X을 잡고 흔들며) 진동도 됩니다.

S#.1 배가간 무역회사 사택

클린턴은 배가간 무역회사의 신입사원으로, 똑똑해서 간부들의 신임을 받지만 입사 동기들이 시기하는 표적이다. 일본의 사택에서 주부들끼리 서로 사생활을 간섭하고 소문을 퍼뜨리는 건 일반적이라지만 며칠 후 있을 승진 때문에 어느 때보다도 주부들의 눈빛이 예사롭지 않다. 특히 가장 유력한 승진 후보인 클린턴의 아내, 힐러리를 바라보는 이웃 주부들의 눈빛에서는 조그만 흠이라도 잡으려는 것이 역력히 보인다.

이웃 주부: (일본인답게 가식적인 미소로) 힐러리 씨는 좋으시겠어요. 남편께서 촉망받는 사원이시잖아요.

힐러리: 그저 여자들한테 한눈 안 팔고 열심히 일한 덕택이죠.

이웃 주부: 곧 승진 발표가 있을 거라면서요?

힐러리: 그런가 봐요.

이웃 주부: 남편께서 집에서도 회사 일을 하시나요? 어제 힐러리 씨는 저녁 늦은 시간에 어디를 가셨죠? 요즘 남편과의 사이는 좋으신가요?

S#.2 배가간 무역회사

펑사로(오럴섹스만 해주는 일본 섹스숍)에서 일하는 르윈스키는 친구를 만나기 위해 배가간 무역회사 1층에 있는 커피숍을 찾아간다. 때마침 클린턴이 커피를 마시러 왔다가 서로 눈이 마주친다. 서로의 눈에서 불꽃이 튄다.

클린턴: (르윈스키에게) 우리는 서로 텔레파시가 통했습니다. 제가 명함을 드릴 테니 언제든지 연락 주세요.

르윈스키 : (느끼한 표정으로) 저한테 홀리셨군요?

클린턴 : 저는 안 홀렸는데 제 털이 홀렸습니다.

르윈스키 : 일본인답지 않게 굉장히 노골적이시군요.

클린턴 : 사실 이건 비밀인데 제 고향은 미국입니다. 미국인 아버지와 일본인 어머니 사이에서 태어난 혼혈아입니다.

르윈스키 : 그래서 그렇게 유난히 코가 크셨군요. 이제 보니까 머리도 히끗히끗한데 실례지만 나이가 어떻게 되시죠?

클린턴 : 제 나이는 저도 모르겠습니다. 왜냐하면 아직도 정력이 남학생 수준이거든요. 제가 이래봬도 '밤무대' 체질입니다.

르윈스키 : 제가 명함 하나 드릴 테니 시간 나면 들리세요.

클린턴 : (명함을 보며) 핑사로?

르윈스키 : 핑사로가 뭐하는 곳인지 아세요?

클린턴 : 물론이죠. 이렇게 좋은 곳이 왜 미국에는 없을까요?

르윈스키 : 미국에도 있을 텐데요.

클린턴 : 그렇습니까? 미국에도? 진작 알았더라면……

S#.3 핑사로

다음날 클린턴은 르윈스키가 건네준 명함을 보고 핑사로를 찾아간다. 클린턴은 르윈스키 앞에서 순진한 척 내숭을 떨며 장난을 친다.

르윈스키 : (클린턴을 보고) 어머, 힘센 오빠 어서 오세요.

클린턴 : (내숭을 떨며) 여기 식당 맞지?

르윈스키 : ?

클린턴 : 오늘 무슨 음식이 제일 맛있지?

르윈스키 : 제가 제일 맛있어요.

클린턴 : (계속 내숭떨며) 메뉴판 좀 가져와.

르윈스키 : (메뉴판을 서비스 걸 목록으로 생각하고) 제가 마음에 안 드세요?

클린턴 : (천연덕스럽게) 갑자기 웬 뚱딴지같은 소리야. 여기 셀프서비스야? 내가 직접 메뉴판 가져와야 돼?

르윈스키 : (셀프서비스의 의미를 다르게 생각하고) 셀프서비스 하려면 뭐하러 여기 왔어요? 서비스는 제가 해드리는 거예요.

클린턴 : 그래? 근데 여기 디저트는 뭐가 맛있지? 아이스바?

르윈스키 : 그렇게 돌려서 말 안해도 돼요. 아이스바는 제가 좋아하는데…….

클린턴 : ?

르윈스키 : (클린턴의 하의를 벗긴다)

클린턴 : (아직까지 내숭떨며) 식사하는데 바지까지 벗어야 돼?

르윈스키 : (클린턴의 팬티를 벗긴다)

클린턴 : (갑자기 핸드폰을 들고) 어, 난데, 여기 마라도야.

르윈스키 : (본업에 충실한다)

클린턴 : 이거 아이스바 아닌데…….

르윈스키 : 뜨거운 아이스바가 새로 나왔나요?

클린턴 : (사정 1초 전에) 그만둬.

르윈스키 : 왜 그러세요?

클린턴 : 우린 아직 서로를 잘 모르잖아.

르윈스키 : 아까부터 참아왔는데 더 이상 내숭떨면 가만두지 않겠어요.

클린턴 : …….

르윈스키 : (본업을 마치고) 이제 바지 입으세요.

클린턴 : 오늘 즐거웠어. 내일 아내가 집을 비우는데 내가 사는 사택에 놀러오는 게 어때?

르윈스키 : 사택은 위험하잖아요.

클린턴 : 자장면 배달하러 온 것처럼 하면 돼.

S#.4 배가깐 무역회사 사택

르윈스키는 철가방을 들고 사택을 방문한다. 르윈스키의 이마에는 '최강 번개'라는 빨간색 머리띠가 둘러져 있다. 그런데 신경을 곤두세우고 있던 이웃 주부와 마주친다.

<감상 포인트> 일본 사택에서의 사생활 간섭과 그것의 의도는 무엇인가.

르윈스키 : (클린턴의 집앞에서) 자장면 시키셨어요?

이웃 주부 1 : (르윈스키를 의심하고) 어느 식당에서 왔죠?

르윈스키 : (당황하며) 예? 저기……. 북경반점에서 나왔는데요.

이웃 주부 1 : 그래요? 저도 자장면을 시키고 싶은데 전화번호를 알려 주세요.

르윈스키 : (식은땀을 흘리며) 사실 오늘이 아르바이트 첫날이라 전화번호를 외우지 못했습니다. 죄송합니다.

이웃 주부 1 : 그럼 약도라도 그려 주세요. 직접 가서 먹고 싶어서요.

클린턴 : (순발력 있게 매우 큰소리로) 아이고 배고파라.

르윈스키 : 아참, 내 정신 좀 봐. 제가 바쁘니까 약도는 다음에 적어 드릴게요

르윈스키는 간신히 위기를 모면하고 클린턴의 집으로 들어간다. 하지만 이미 심상치 않은 느낌을 받은 이웃 주부는 클린턴의 집앞을 떠나지 않는다. 이웃 주부는 르윈스키가 클린턴의 집에서 1시간이 넘도록 나오지 않는 것을 보고 자신의 의심에 확신을 갖게 된다. 그리고 곧바로 다른 이웃 주부들에게 소문을 내기 시작한다.

이웃 주부 1 : (옆집 주부에게 속삭이며) 희소식이야. 이제 클린턴을 승진 명단에서 완전히 제외시킬 수 있어.

이웃 주부 2 : 특종이구나. 좀더 자세히 얘기해 줘.

이웃 주부 1 : 클린턴이 느끼하게 생긴 젊은 여자한테 홀려 가지고 둘이서…….

이웃 주부 2 : (또 다른 주부에게) 특종이야. 클린턴이 느끼하게 생긴…….

이웃 주부 3 : 그래? 그럼 빨리 반상회를 소집해야겠다.

S#.5 클린턴 사무실

소문은 벌써 회사에까지 퍼졌다. 그런데 문제는 소문이 와전되어 클린턴이 섹스숍 직원과 오럴섹스를 한 것이 아니라 보통의 젊은 여성과 오럴섹스를 했다고 알려진 것이다. 이 때문에 클린턴을 시기하던 직장 동료들은 클린턴 뒤에서 그가 승진할 자격이 없다며 수군거린다. 그리고 마침내는 '클린턴이여, 지퍼를 올려라'라는 제목의 비방 기사를 작성하여 전단으로 회사에 배포하는 동료까지

속출한다.

동료 1 : (클린턴 등뒤에서) 클린턴이 글쎄 젊은 여자에게 홀렸대.

동료 2 : 클린턴이 젊은 여자에게 홀렸다고?

동료 1 : 정신이 홀린 게 아니라 털이 홀렸대.

동료 2 : 어디에 있는 털을 말하는 거야?

동료 1 : '밤새지 마라 말이야'의 반대를 생각해 봐.

동료 2 : 자지 마라 말이야.

동료 1 : 그래. 바로 그 문장에 단어가 담겨 있어.

동료 2 : 자지? 마라? 말이야? 아하! 알았다. 말털이지?

동료 1 : 너 바보 아냐? 다시 힌트를 줄게. 형을 영어로 해봐.

동료 2 : 형이라면 BROTHER니까 부럴덜? 부랄덜? 부랄털?

동료 3 : 정말 홀린털이네.

클린턴 : 아! 저말입니까?

동료 1 : 자네 비결이 뭔가? 어떻게 하면 털도 홀릴 수 있지?

클린턴 : 그 비결은 아무도 몰라. 며느리도 몰라.

S#.6 인사과 사무실

클린턴에 대한 소문의 진상을 밝히기 위해서 배가깐 무역회사의 인사과장이 르윈스키와 단독 면담을 한다. 그런데 르윈스키는 클린턴의 직장 동료들에게 매수되어 자신이 섹스숍 직원이 아니라 평범한 여자라고 허위 진술을 한다.

인사과장 : 안녕하세요, 르윈스키 양. 지금 컨디션이 어떻습니까?

르윈스키 : 긴장됩니다.

인사과장 : 르윈스키 양의 직업은 무엇입니까?

르윈스키 : 백조(할 일 없는 여자)입니다.

인사과장 : 핑사로라는 섹스숍에서 일한 적이 있습니까?

르윈스키 : 없습니다.

인사과장 : 클린턴과 처음 만난 곳은 어디입니까?

르윈스키 : 구내 커피숍이었습니다.

인사과장 : 서로 눈이 마주쳤을 때 클린턴의 눈빛은 어땠습니까?

르윈스키 : 그의 눈빛은 뭔가를 갈망하는 듯했습니다.

인사과장 : 첫 만남이 있은 후로 클린턴과 만난 곳은 어디였죠?

르윈스키 : 클린턴의 사택이었습니다.

인사과장 : 클린턴의 아내인 힐러리에게 한 번도 들킨 적이 없었습니까?

르윈스키 : 항상 힐러리가 집을 비웠을 때 만났기 때문에 들키지 않았습니다. 그리고 한 번은 힐러리가 일찍 사택에 들어오는 바람에 제가 클린턴에게 오럴섹스를 해주는 것을 목격했지만 힐러리는 제가 클린턴 앞에서 무릎을 꿇고 기도하는 줄로 착각하고 그냥 지나쳤습니다.

인사과장 : 클린턴에게 오럴섹스를 해준 횟수가 정확히 몇 번입니까?

르윈스키 : 헤아릴 수 없습니다. 하지만 클린턴은 결정적인 순간에 저를 만류했습니다.

인사과장 : 사정 직전에 그만두라고 했다는 말씀입니까?

르윈스키 : 네. 제가 생각하기에는 죄의식을 갖지 않기 위해서였던 것 같습니다. 끝까지 가지 않음으로써 자신을 변론할 수 있었을 테니까요.

인사과장 : 뭐라고 말하면서 그만두라고 하던가요?

르윈스키 : 클린턴이 말하기를 우리는 서로를 아직 잘 모르기 때문이라고 하더군요.

인사과장 : 클린턴이 르윈스키 양을 오럴섹스해 준 적은 없습니까?

르윈스키 : 할 뻔했지만 제가 생리중이었기 때문에 못했습니다.

인사과장 : 클린턴이 오럴섹스를 하는 도중에 전화를 받은 적이 있습니까?

르윈스키 : 네.

인사과장 : 통화 내용이 무엇인지 구체적으로 말씀해 주실 수 있습니까?

르윈스키 : 제가 사택에 도착하기 전에 시켰던 자장면 배달을 취소하는 것이었습니다.

인사과장 : 클린턴이 뭐라고 말하면서 취소하던가요?

르윈스키 : "시켰으나 취소했어."라고 하더군요.

인사과장 : 클린턴과 오럴섹스 말고 외음부가 맞닿은 적은 없습니까?

르윈스키 : 끌린턴이 맞닿게 하려고 하는데 그의 키가 너무 커서 힘들었죠. 하지만 그는 태권도의 기본 자세인 주춤서기 자세로 엉거주춤하게 서서 자신의 욕구를 충족시켰습니다.

인사과장 : 클린턴의 손이 르윈스키의 성감대를 자극한 적이 있습니까?

르윈스키 : 글쎄요.

인사과장 : 정확하게 답변해 주세요.

르윈스키 : 클린턴은 저의 성감대만을 정확하게 골라서 애무했습니다. 그 정도의 실력은 여자를 많이 다뤄본 사람만이 할 수 있을 것입니다.

인사과장 : 클린턴에게 여자를 많이 다뤄 봤냐고 물어 본 적이 있습니까?

르윈스키 : 네. 하지만 클린턴은 끝내 사실을 감추고 자신이 '초보운전'이라고 말했습니다.

인사과장 : 클린턴이 자신의 입으로 초보운전이라고 하던가요?

르윈스키 : 아뇨. 클린턴의 팬티에 초보운전이라고 씌어 있었습니다.

인사과장 : 클린턴의 팬티는 어떤 스타일이었습니까?

르윈스키 : 망사팬티였습니다.

인사과장 : 클린턴이 왜 망사팬티를 입었다고 생각하십니까?

르윈스키 : 클린턴은 제게 감각적으로 보이기 위해서 망사팬티를 입었다고 말했지만 제 생각에는 환풍기적 기능을 고려한 것 같습니다.

인사과장 : 클린턴이 환풍기적 기능의 팬티를 입어야 할 만큼 수상한 냄새가 위험 수위를 넘어섰습니까?

르윈스키 : 코를 자극했습니다.

인사과장 : 냄새가 코를 찔렀다는 말씀입니까?

르윈스키 : 그런 뜻이 아닙니다. 오히려 제게는 향기로 다가왔습니다.

인사과장 : 무슨 향기였는지 구체적으로 말씀해 주신다면…….

르윈스키 : 남자의 향기였습니다.

인사과장 : 클린턴에게 오럴섹스를 해주고 나서 사택을 나서려고
할 때 그가 뭐라고 말하던가요?

르윈스키 : 다음에 올 때는 자장면을 가져오라고 하더군요

인사과장 : 그래서 뭐라고 대답했습니까?

르윈스키 : 단무지는 몇 개 가져오는 게 좋겠냐고 물었습니다.

인사과장 : 좋습니다. 오늘 면담은 이것으로 마치도록 하죠

S#.7 배가깐 무역회사

회사에서는 클린턴의 승진을 가로막으려는 세력들이 그를 조롱
하는 내용의 편지를 클린턴의 이름으로 만들어서 회사에 뿌린다.
편지의 내용은 다음과 같다.

친애하는 사내 직원 여러분

저는 이번 지퍼게이트 파문을 일으킨 주인공 클린턴입니다. 저의
남다른 섹스 중독증 때문에 이런 불미스러운 사건까지 일어나게 한
점을 깊이 사과합니다. 하지만 여러분은 이러한 사건에 신경 쓰실 때
가 아닙니다. 여러분은 회사를 위해서 전력을 다할 때이므로 제게 신
경을 꺼주십시오 저는 충분히 반성하고 있고 거기에 따른 어떠한 벌
도 받겠습니다. 단 승진을 하지 말라는 것만은 빼구요

S#.8 클린턴 자택(꿈)

클린턴은 와전된 소문 때문에 심각하게 고뇌하다가 깜박 잠이
든다. 그리고 꿈을 꾼다. 꿈은 무의식의 발현이라는 것을 상기하면
서 클린턴의 꿈을 감상하기 바란다.

클린턴은 차를 몰고 가다가 앞에서 달려오는 차를 보고 충돌을 결심한다.

충돌 15초 전 : 홀가분하다는 심정으로 신나게 질주한다.

충돌 10초 전 : 원인 모를 불안감이 찾아온다.

충돌 7초 전 : 자신의 과거가 필름처럼 선명하게 뇌리를 스친다. 특히 지퍼게이트 사건이 마음을 어지럽힌다.

충돌 5초 전 : 자신의 잘못이 있건 없건 간에 지퍼게이트에 대한 사태 수습을 제대로 하지 못한 자신의 잘못을 깊이 반성한다.

충돌 3초 전 : 반성한 후 갑자기 세상이 다르게 보이며 살고 싶다는 생각을 한다.

충돌 2초 전 : 생사의 갈림길에서 극도의 갈등을 하며 '살고 싶어. 살고 싶어'를 계속해서 속으로 속삭인다. 브레이크를 잡아도 소용이 없다는 현실이 미치도록 처절할 뿐이다.

충돌 1초 전 : 눈을 감은 채 마음을 비우고 이렇게 말한다. "죽음으로 다시 태어남을 예감한다."

충돌 후 : 자신의 시체를 바라본다. 얼굴에는 온화한 미소가 가득하다. 오래간만에 보는 자신의 평온한 미소다.

잠시 후 클린턴은 잠에서 깬다. 그리고 다시 고뇌한다.

클린턴 : 난 아직 젊어.

사회자 : 이제 영화가 끝났으니 기자분들의 질문을 받겠습니다.

홍 기자 : 작품에서 클린턴이 유력한 승진 후보로 묘사되었는데 그것은 차기 대선 후보로서의 클린턴의 영향력과 지지도를 의미하는 겁니까?

사회자 : 그렇습니다.

박 기자 : 저는 문화부 박 기자라고 합니다. 저는 이번 작품에서 메가폰을 잡으신 채라 감독께 질문 드리겠습니다. 작품에서 클린턴의 회사 동료로 출연했던 미 야당의원들이 르윈스키 양을 매수했던 장면이 압권이었는데, 실제로도 미 야당의원과 르윈스키 양이 거래를 했다고 보십니까?

채라 : 별들에게 물어 봐.

박 기자 : 별이라면 스타 검사를 말하시는 겁니까?

채라 : 아니오. 요즘 몸값이 끝없이 치솟고 있는 르윈스키 양 말입니다.

홍 기자 : 작품에서 한국의 북경반점 철가방이 나오는데, 그것은 한국의 관객 수를 의식한 마케팅 전략입니까?

채라 : 그렇다고 볼 수 있습니다. 이번 작품의 스폰서인 일본의 영화사에서 한국의 일본 문화 개방을 의식하고 한국은 배달민족이니까 배달민족의 상징은 철가방일 것이라는 계산을 한 거죠. 사실 배달민족의 배달은 서빙을 뜻하는 배달이 아닌데도 말이죠.

박 기자 : 마지막으로 짓궂은 질문 드리겠습니다. 일본의 이와이 순지 감독이나 기타노 다케시 감독 등 쟁쟁한 감독들을 제치고 영화사에서는 왜 채라 감독을 선택했다고 보십니까?

채라 : 이런 질문이 나오면 신인 감독의 참신성을 말하라고 영화사에서 시키던데, 솔직히 말씀드리죠. 일본의 쟁쟁한 감독들은 스케줄이 빡빡하거든요. 참고로 한국에는 경제에 맹했던 YS의 경맹 정권으로 인한 금융 위기로, 저처럼 시간 많은 사람들이 많답니다.

| 정치 |

국이, 본이, 국이

1999년 어느 여름날 오후,
학교 종이 땡땡땡.
차렷, 경례 아, 샤!
투(two)국(한국이, 중국이)이 앉은자리에서 대답해 봐. 오늘 왜 싸웠나? 뭐? 국이가 국이 아오자이를 비웃었다고? 그리고 국이는 국이 밥통의 김치를 보고 불쾌한 표정으로 인상을 썼다고? 언제까지 같은 반 친구끼리 다툴래? 이토록 반 친구들끼리 단합이 안되니까 아샤반이 지금껏 발언권조차 없잖아.

본이(일본) 넌 반장으로서 반 친구들이 싸우는데 도대체 뭘하고 있었기에 가만히 보고만 있었니? 뭐? 같잖아서 보지도 않고 외면했다고? 네가 그렇게 잘났니? 아샤반 학우들의 도움이 없었으면 지금의 너도 없다는 것을 항상 명심하라고 했잖아. 그리고 반장인 본이 니가 리더십을 가지고 아샤반을 다스렸어야지. 지금 때가 어느 땐데…….

내일은 운동회날이다. 세계학교가 개교한 이래 우리 아샤반이 운동회에서 우승한 적은 한 번도 없었다. 너희들의 어긋난 내셔널 리즘과 불타는 양보심(?)을 이젠 존경하련다. 오늘 종례 여기서 끝. 그래, 한번 무소의 뿔처럼 혼자서 잘 가나 보자.

세계학교엔 유럽반, 미국반 그리고 우리의 아샤반이 있다. 세계학교에서 운동회가 있는 날이면 끝짱(끝에서 짱 꼴찌)은 언제나처럼 아샤반이다. 왜냐하면 운동회에서 우승하기 위해 가장 중요한 것은 반 학우들간의 단합인데 아샤반은 그게 안되기 때문이다.

단합이 안되는 이유 중에는 자격지심을 빼놓을 수 없다. 아샤반 학우들은 서로를 보며 왠지 촌스럽다고 생각하고 아오자이를 천대하며 김치 냄새를 부끄러워한다. 더 나아가 아샤반 하면 떠오르는 이미지가 한결같이 봉건, 인권 억압, 빈곤, 제2차 세계대전 전의 군국주의뿐이라고 말하는 학우들도 적지 않다.

본! 본은 세계학교 행사때 발언권을 가진(아샤반에서) 유일한 학우다. 본은 그렇게 민감한 녀석이지만 아샤반을 단합시켜 이끄는 데는 소질이 없나 보다.

"아샤반이 단합하는 것은 미국반에 저항하는 것임과 동시에 그것은 반식민주의의 찌꺼기에 지나지 않아."

이것은 본이 아샤반을 단합시키지 못해 놓고 단합시키지 못한 게 아니라 단지 안한 것뿐이라며 늘어놓는 변명의 일부이다. 이런 변명에 익숙할 대로 익숙해진 아샤반 학우들은 웃지 않는다. 왜? 웃기지도 않는 변명이니까. 그리고 아샤반 학우들은 역사 시간에 졸지 않았으니까.

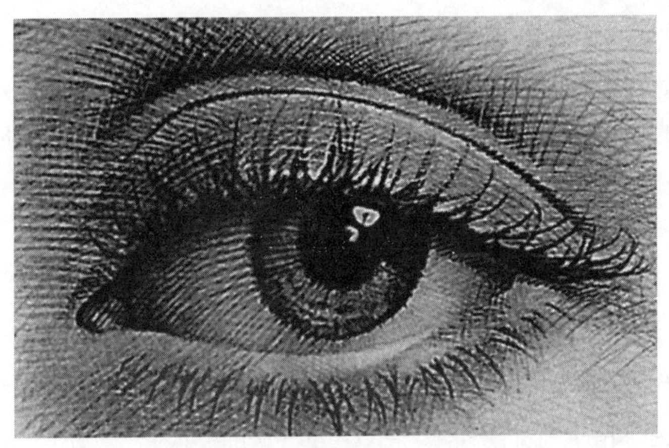

아샤반 학우들아, 졸지 말고 눈뜨자.

역사책에 적힌 유럽반의 생성 과정을 보라. 유럽이라는 개념의 출발도 '저항'에서 비롯되었다. 즉 미국반의 도전과 아랍과의 전쟁, 그리고 소련을 중심으로 한 공산권과의 대립에 대한 저항에서 비롯된 것이다.

1997년, 그해 여름은 잔인했네! 아샤반의 학급 운영비가 바닥났고 아샤반의 몇몇 학우들은 미국반 학우들에게 돈을 빌려야 했다. 이 과정에서 미국반의 리더십과 아샤반 학우들의 내셔널리즘 사이에서 본이와 국이(중국)는 주도권 싸움을 했고, 아샤반 이외의 반에서 돈을 빌리는 등의 외부 자본 차입 행동을 비판하며 IMF 프로그램의 타당성에 대한 논의가 이어졌다.

지금이다! 때는 지금이다. 지금이야말로 본이 아샤반의 단합을 한껏 해야만 할 때다.

미국반의 리더십이 오만과 편견에 빠지지 않도록 견제하기 위하여, 유럽반이 서남북으로 가지를 치고 유로통화를 발족하며 정치

협상을 강화하는 이른바 유럽 통합에 맞서기 위하여, 미국과 유럽이 손에 손잡고 국제 표준을 만들어 감으로써 유럽적인 것이 세계적인 것이라는 억측에 말려들어 비유럽반인 아샤반 학우들이 왕따당하지 않도록 하기 위하여 아샤반은 '단합'하고 아샤반만의 정체성을 스스로 높여야 한다. 이것은 숙명에 가깝다.

"하늘은 스스로 돕는 아샤를 도우리라!"

본이 아샤반을 단합하는 데 한몫을 하기 위해서는 전제되어야 할 것들이 있다. 우선 본이는 진정으로 뉘우쳐야 한다. 그것은 아샤반 학우들에게 영합하기 위한 것이 아닌 본이 자신을 위해서 필요하다. 즉, 단순히 국이(한국)나 미국반과의 우호를 위한 차원의 이미지 관리가 아니라 오늘날 본의 발전의 원동력이 어디에 있었는가를 세계에 호소할 수 있기 위해서라도 과거에 대한 올바른 역사 인식과 본의 식민지 지배나 침략으로 상처받은 나라에 대해 진정으로 뉘우쳐야 한다. 본이 자신을 위해서, 그런 대가가 전제되었을 때만이 아샤반의 다른 학우들도 제2차 세계대전 후의 본의 경제 협력이 아샤반의 발전에 큰 보탬이 되었다는 것을 인정하고 본의 국제 사회에서의 역할 증대에 대해 적극적으로 호응하고 따라줄 것이다.

본이 아샤반을 단합하는 데 한몫을 하기 위한 전제 조건은 이뿐만이 아니다. 본이는 눈높이를 맞춰야 한다. 지금껏 본이는 아샤반의 다른 학우들을 휘동자로 꼴아봤다. 국(중국)이나 동남아, 심지어 국(한국)까지도 본보다 한참 뒤떨어진 나라로 간주하고 이 나라들에 대해 선전국으로서 경제 협력을 해줌으로써 본이를 향한 해상 수송 루트를 안전하게 확보한다는, 다분히 위에서 아래로 꼴아보는 수직적 관계였다. 하지만 이제는 이러한 본이의 꼴아보기식 외교 관계는 본이 스스로에게 비효과적인 시대가 도래하고 있다. 아샤의 경제 발전이 기술 협력보다는 국제 금융 및 국제 자본면에서의 영향에 따라 좌우되기 때문이다. 따라서 시대가 시대니만큼 이제 본이도 아샤반 학우들을 꼴아보지 말고 눈높이를 맞춰서 대우해 줘야 마땅하다.

"하늘은 스스로 돕는 아샤를 도우리라!"

200X년 개학하고 둘째날 오전,

학교 종이 땡땡땡.

차렷, 경례 아, 샤!

오늘은 반장을 뽑는 날이다. 어제까지 반장 후보로 추천된 학우가 본이하고 국이 그리고 국이니, 이 세 후보를 가지고 투표를 하겠다. 우선 투표를 하기 전에 현재 반장인 본이에게 선생님으로서 무척 고맙게 생각한다. 특히 지난해 운동회에서 우리 아샤반이 미국반과 공동 우승을 할 수 있었던 것은 본이의 리더십이 컸다고 생각한다. 그럼 투표를 시작하겠다. 잠시 후……

자, 이제 개표 결과를 발표하겠다. 국이 39%, 본이 27%, 국이 32% 그리고 나머지 2%는 무슨 국찐이, 이본 등등으로 적혀 있어서 무투표 처리했다. 그래서 오늘부터 아샤반 반장은 국이다. 국이, 축하한다. 예전에 본이가 반장된 기념으로 반 학우들에게 사시미를 대접한 것이 있다. 그렇다고 국이 네가 자장면을 꼭 대접하라는 말은 아니다. 근데 본아, 그때 사시미 참 싱싱했다. 국아, 그렇다고 너무 부담 갖지는 마라. 근데 자장면의 국적은 어디지?

문화

일본 TV는 준비되지 않은 변태마저

 일본에는 부루세라숍이라고 하여 여중·고생이 입던 속옷을 판매하는 숍이 있다. 그 숍은 원래 페티시스트 즉, 이성의 속옷에 집착하는 변태들만 찾던 숍이었는데, 일본의 TV에서 부루세라숍을 단골로 드나드는 페티시스트들을 불러서 그들의 경험담을 듣고 부루세라숍의 취급 품목은 물론이고 숍의 위치와 가격까지 자세히 알려줌으로써 일본인의 변태 대중화에 크게 이바지(?)했다.

방송에서는 매일같이 페티시스트들의 경험담 즉, 이성의 속옷으로 후각을 자극한다거나 입안에 넣어 미각과 촉각을 합한 공감각을 느낀다는 내용을 보여주면서 시청자들의 호기심을 부추긴다. 때문에 변태와 정상인 사이에서 변태적인 행동을 하지는 않지만 변태적인 행동을 상상해본 적이 있는 다수의 사람들이 일본 TV의 변태 제조학에 빠져들게 된다.

방송에서 매일같이 변태들을 불러다가 그들의 대화를 듣고 그것도 모자라서 부루세라숍의 위치를 아주 상세히 설명한다면, 변태에 대해 거부감을 가졌던 이른바 '준비되지 않은 변태'들까지도 서서히 빠져들게 된다. 마치 죽도록 미운 사람과 같이 생활하면서 적대심이 누그러지는 것과 같은 이치다.

즉, '도대체 왜 저런 짓을 할까?'라고 처음에 생각했던 준비되지 않은 변태들도 나중에는 '저런 짓을 하면 어떤 기분일까?'로 자신도 모르는 사이에 바뀌게 된다. 적어도 TV에서 부루세라숍을 '변태 천국'이나 '변태들이 우글거리는 숍'이라고 명명하여 방영했으면 오늘날 일본의 타국의 추종을 불허하는 변태 숫자는 훨씬 적었을 텐데……

방송 규정상 변태라는 어휘를 쓸 수는 없고, 따라서 어휘를 미화할 수밖에 없다 보니 시청자들은 단지 변태숍이라는 말이 나오지 않은 것만으로도 거부감을 적게 느낄 수 있게 되고 결과적으로는 변태를 대량 양산하게 된 것이리라.

여기서 잠깐 부루세라숍에 자신의 속옷을 납품하고 있는 일본 여학생을 위해, 1등 미녀가 아니더라도 자신의 속옷이 히트 상품이 될 수 있는 아이디어 3가지를 소개해 보겠다(그래도 되겠지?).

아이디어 하나 : 우선 숍에 찾아온 변태 고객에게 다가가서 먼저 말을 건넨다. "치마와 저 사이에 아무것도 없도록 해드릴까요? 고객이 보시는 앞에서요." 쉽게 말해서 살 의향이 있느냐고 묻고 변태가 OK하면 이렇게 아이디어를 홍보한다.

"저희 가공회사(자신) 제품을 애용해 주셔서 대단히 캄사. 구입하신 제품에서 체취가 사라졌을 때는 약간의 부가 요금만 내시면 원항복구해 드립니다. 저희 회사는 환경 문제를 생각해서 리필제를 도입했거든요. 가뜩이나 와리바시(일회용 젓가락)다 요지(이쑤시

개)다 해서 일회용 제품의 남용으로 환경 오염이 심각한 요즘에 리필 제품을 구입하신 고객께서는 진정한 애국자이심에 틀림없습니다.” 한마디로 리필제를 도입하라는 게 첫 번째 아이디어다.

아이디어 둘: 맞춤형 제품을 만들어 보는 거다. 즉 일방적으로 자신이 입던 팬티를 판매하는 게 아니라 변태 고객과 상담을 통해 고객이 원하는 제품을 판매하는 것이다.

가령, 고객이 원재료(새 팬티)의 디자인은 T백이고 색상은 흰색이며 원재료를 가공하는 데 걸리는 시간을 한 달로 해달라고 주문하면 원하는 대로 흰색 컬러의 T백 팬티를 사서 한 달간 줄기차게 (세탁 안하고) 입고 주는 거다. 물론 고객이 생리중의 혈액이 포함되어도 좋다는 요구를 하면 상관 없지만 고객이 그것을 원치 않으면 마술에 걸리는 날에는 혈액이 상품에 포함되지 않도록 각별히 신경써야 한다.

이번 아이디어에서 중요한 점은 요령을 피워서는 안된다는 점이다. 단시간에 여러 장의 상품을 가공하기 위해 변태의 요구를 무시한 채 한 달을 채우지 않는다거나 홍색 물감을 흘린다거나 하면 금방 들통나게 된다. 왜냐하면 부루세라숍을 찾는 변태들은 변태계에서 끝발 날리는 프로들이기 때문에 상품의 가공 형태와 체취의 강도 또는 그 밖의 사항들로 자신이 주문한 대로 가공했는지의 여부를 쉽게 알아차릴 수 있기 때문이다. 그 바닥에서도 신뢰는 생명일 테니까, 장사 하루이틀 할 게 아니라면……

아이디어 셋: 체인지업 제품을 만드는 거다. 모 컴퓨터회사의 마케팅 전략처럼 제품을 판매하고 2주 후에 ‘무료로’ 체취의 강도를 업그레이드시켜 주는 것이다. 이번 아이디어는 무료라서 위험부담

이 크기 때문에 홍보에 모든 것을 걸어야 된다. 따라서 부루세라숍 디스플레이 윈도우에 광고 포스터를 붙이는 것은 기본이다. 물론 포스터의 문구는 '2주 후엔 더 강해집니다.'로 하면 좋을 것이다.

앞서가는 거미가 먹이를, 앞서가는 아이디어가 세상을 사로잡습니다.

문화

섹스숍과 최 선배 메-롱!

'이메쿠라'는 이미지 클럽을 의미하는 일본의 외래어로, 이름처럼 이미지를 파는 섹스숍이다. 가령 선생님과 제자의 이미지 플레이에서는 학교 교실을 흉내낸 세트에서 선생님을 가장한 여종업원과 제자로 가장한 남자 손님이 플레이를 즐기는 것이다.

고객은 이미지 플레이를 시작하기 전에 플레이를 할 종업원을 선택하고 원하는 이미지를 선택하며 여종업원과 섹스까지 할지 안할지를 선택한다. 섹스를 안하게 되면 요금이 더 싸다.

만약 섹스를 안하기로 했다가 돌발적으로 하게 되면 벌금을 많이 지불해야 한다. 만약 여종업원의 주도하에 섹스가 이뤄지면 고객은 벌금을 낼까, 안낼까. 그건 나도 모른다.

어떻게 여종업원의 주도하에 섹스가 이뤄질 수 있느냐고 묻는다면, 충분히 그럴 수 있다. 가령 고객과 전철 안에서의 치안과 여자 승객의 이미지 플레이를 한다고 가정할 때 고객이 실제로 치안 경력 40년을 자랑(?)하는 베테랑급 치안이라서 상대 여성에 대한 배려가 일품이라면 그러니까 무식한 끈적거림이 아니라 피아노 건반을 두드리는 듯한 '감각적인' 손놀림이라면, 그래서 여종업원이 무아지경에 이르게 된다면 무아지경이라는 말 그대로 자신의 존재를 망각한 경지에 이른 것이기 때문에 여종업원은 자신의 직책마저도 망각해 버리고 계획에도 없는 섹스를 주도하게 될 수도 있는 것이다. 물론 그런 돌발 상황이 일어나면 뜻밖의 서비스를 받은 고객은 일단 기분이 좋아서 "다음에 올 때는 비아그라 먹고 올게."라고 말하다가도 벌금을 내야 할지 말아야 할지를 고민하겠지만…….

그럼 과연 이메쿠라에서는 어떤 식으로 즐길까. 아울러 이 부분을 쓰기 위해 난 작년에 일본으로 유학간 동X대 X어X문학과 93학번 최XX 선배에게 후배로서 부탁할 수 있는 가장 저속한 혹은 가장 신나는 부탁 즉, 이메쿠라 현장답사를 부탁했다. 최XX 선배에게 지면을 빌어 다시 한 번 감사의 말을 전한다. 그럼 지금부터 최 선배의 진술(?)을 바탕으로 선생님과 제자 이미지 플레이를 '최대한' 재구성하여 유치하지만 그래도 흥미롭게 소개한다.

이메쿠라에 들어선 최 선배는 평소 좋아하던 여배우 고소X 씨를 가장 많이 닮은 여종업원을 선택하고 동심에 빠져보고 싶은 충동을 억제하지 못한 채 선생님과 제자 이미지를 선택한다. 몇 분 후 최 선배는 학교 교실 세트에 들어선다. 교실 안에는 고소영을 닮은 아니 고소X을 닮은 여종업원이 지휘봉을 들고 교단에 서 있다. 신이 난 최 선배가 가지고 있던 거울을 자신의 신발 위에 올려놓자 그 모습을 목격한 여종업원은 최 선배의 심중을 헤아렸는지 교단에서 내려와 최 선배의 신발 사이에 다리를 벌린 채 정조준한 자세로 선다. 잠시 후 여종업원은 선생님 자격으로 질문을 한다.

여종업원: 학생, 선생님 팬티가 무슨 색
   이죠?
  최 선배: (차마 사실을 말하지 못하고)
   블랙입니다.
  여종업원: (치마를 올리며) 무슨 색
   이죠?
최 선배: 노팬티.
  여종업원: 맞췄으니까 기념으로 '선
   생님가슴애무이용쿠폰'을 주겠어요
  최 선배: (쿠폰을 사용하며) 자유 이
용권은 없나요?
여종업원: 이번 문제를 맞추면 주려고,
주려고 해요

  최 선배: 빨리 질문하세요
   여종업원: 선생님 브
    래지어 사이즈는?
   최 선배: 사이즈는
    모르겠지만 뽕브라
    인 것만은 확실해요

앞서 밝혔듯이 위의 이야기는 '최대한'
재구성한 것이다. 그래도 공부하러 타국에
간 선배의 명예를 손상시킨 건 아닌지……

#3 비주얼한 독서

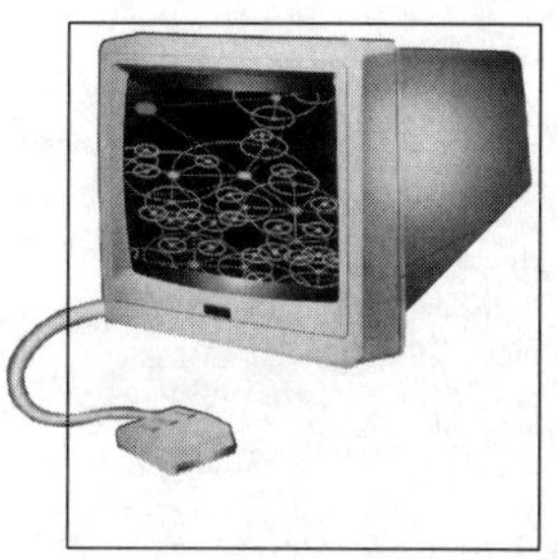

사회

밍키통신

 내용의 효율적이고 효과적인 전달을 위해 '가상의' 일본인(밍키)이 일본의 사회 곳곳을 돌아다니며 셀프카메라를 찍어 보여주는 형식으로 구성했다. 물론 모니터링을 할 수는 없지만 가상의 일본인이 전하는 '내레이션'을 통해 실제 화면보다 더욱더 멋진 상상의 나래를 펼쳐 보시길. 이제 여러분은 지면상의 2차원을 뛰어넘어 '지면에 영사된 3차원의 세계'에 빠져들게 될 것이다. 이 글을 읽는 동안만이라도 독자가 아닌 '관객'으로서 지면의 이미지와 동일한 시공간에 있는 듯한 현시성(Presence)을 느껴 보시기 바란다.

안녕하세요 제 이름은 밍키예요 제 이름 참 예쁘죠? 이곳이 바로 저희 집이랍니다. 2RDK, 즉 2개의 방과 하나의 거실, 하나의 부엌으로 구성된 집으로 일본인에게 가장 보편적인 집의 형태랍니다. 거실이라고 해봐야 한국에서 사용하는 거실과는 차원이 다를 만큼 비좁습니다. 거실뿐 아니라 집의 크기 자체가 한국의 보편적인 아

파트 평수보다 훨씬 비좁죠. 잠깐 화장실에 들러 볼게요. 일본인들에게 화장실은 '생활 공간'이라는 인식이 배어 있기 때문에 화장실은 굉장히 깨끗하고 잘 '가꾸어져' 있죠. 이쪽에 꽃병 보이시죠? 은은한 향이 나는군요. 하지만 이 향기는 꽃병에서 나는 게 아니고 프랑스제 향수에서 나는 거랍니다. 아, 향긋해. 사실 이건 비밀인데 이 향수는 제가 며칠 전 하라주쿠에 가서 원조 교제를 한 돈으로 산 거예요.

일본에서는 값비싼 향수, 또는 일본인들이 시족을 못쓰는 루이 피똥 같은 값비싼 핸드백을 사기 위해 원조 교제를 밥먹듯이 자연스럽게 하는 애들이 많아요. 아참, 근데 한국에서는 저희같이 원조 교제하는 애들을 보고 몸을 파는 애들이라고 하던데 일본에서는 달라요. 일명 '몸을 빌려주는 애들'이라고 하죠. 보디랜탈(BODY LENTAL)말예요. 도대체 이해가 안 가네요. 어떻게 몸을 판다고 할 수가 있죠? 단지 잠깐 빌려주는 것뿐이잖아요. 어머, 내 정신 좀 봐. 죄송해요. 다시 시작할게요.

자, 이쪽에 있는 수세식 변기 보이시죠? 한국의 수세식 변기와 다른 점이 있다면 일본의 변기에는 뿜어 나오는 물의 양을 조절할 수 있는 스위치가 있어서 대변을 볼 때와 소변을 볼 때 각각 물의 양을 조절할 수 있다는 점이에요. 일본인들 참 검소하죠? 아, 내가 생각해도 너무 검소한 것 같아!

일본에 관광 오신 한국분들께서 일본의 수세식 변기에 달린 스위치를 보시고 "그럼 갈아 만든 X는 어떤 스위치를 눌러야 하지?"라며 웃기시려는 분들도 간혹 계시는데, 그런 분들한테 이 자리를 빌려서 한마디 할게요. "썰렁한 것 아시죠?"

이제 화장실을 나와서 방으로 가볼까요? 이곳은 제 방이랍니다. 일본에서는 물론 한국도 그렇겠지만 TV 보급률이 1인당 2대를 넘은 지가 오래이기 때문에 제 방에도 TV가 있답니다. 저쪽에 예쁘게 생긴 박스 보이시죠? 저 안에 뭐가 들어 있는지 알아 맞춰 보실래요? 뭐냐면요, 콘돔이에요. 어저께 방과후에 친구들하고 '콘돔매니아'라는 섹스숍에 들러서 산 거예요.

그럼 이제 부모님 방을 보여 드려야 할 차례인데 보여 드릴 수가 없을 것 같아요. 왜냐하면 일본에서는 아주 친한 사람에게도 집 구경을 시켜주지 않거든요. 저처럼 신인류라면 몰라도 저희 부모님은 100% '일본화'되신 분들이라 설득해서 보여 드리기는 힘들 것 같은데……. 그래도 한번 말을 걸어 볼까요?

밍키 : 아빠빠빠빠, 방 촬영해도 될까요?

밍키 아빠 : 뭐시?

밍키 : 아 빠 방 촬 영 해 도 되 느 냐 고 물 었 어 요.

밍키 아빠 : 오마이까. 어째야쓰까, 이렇게 초라하고 누추한 방을 한국인에게 보여주는 것은 나의 자존심이 허락을 안해. 어서 싸게 필름 줘. 압수다.

밍키 : 아빠. 그럼 방은 촬영 안할 테니까 한국인에게 하시고 싶은 말 있으면 하세요.

밍키 아빠 : 밍키, 아빠 헤어스타일 괜찮니? 안녕! 제가 한국분들에게 방을 보여 드리지 못한 것은 오로지 나의 자격지심이므로 너그럽게 봐주쇼. 이런 생각은 나뿐만이 아니라 모든 일본인들의 공통된 생각입니다. 일본이 미국과 어깨를 나란히 하는 경제대국이지만 주거 환경만큼은 한국보다 훨씬 뒤져 있써라. 일본의 예산이

주택에 거의 쓰지 않고 노인 연금이나 교통 설비에 주로 쓰여서 그렇다고 봐요. 요즘 한국에서는 IMF 때문에 무척 힘들겠지만 한국인의 젖력(한국 어머니들의 숨은 파워)과 한국인의 저력으로 반드시 극복하리라 믿어 의심치 않습니다.

아빠는 한마디만 하랬더니……. 그럼 이제 거실을 소개해 드릴게요. 마침 TV에서 트랜디 드라마가 방영되고 있네요. 일본의 드라마를 보신 분들은 아시겠지만 일본 드라마의 요즘 흐름은 '여성 상위'를 나타내고 있어요. 드라마가 사회를 반영한다는 사실 다 아시죠? 일본에서는 남편의 월급이 아내 명의의 구좌로 입금되는 경우가 많아요. 남편은 매일매일 밥값과 담배값을 아내에게서 받아가구요. 이뿐 아니라 일본의 절반 정도의 남편들은 자녀 교육의 전반을 아내에게 맡기고 있죠. 이는 회사에만 전념하기 위해서죠.

자, 그럼 현관 쪽으로 가볼까요? 유난히 나이키 운동화가 많은데 전부 제서예요. 일본에서는 젊은애들 사이에서 나이키 운동화를 수집하는 애들이 굉장히 많아요. 나이키뿐 아니라 소비 패턴이 전부 서구화되어 가고 있답니다.

그럼 이제 집 밖으로 나가 볼까요? 집 밖에 나와 보니까 어떠세요? 한국에 비해 주택가가 훨씬 조용하다는 것 느껴지지 않으세요? 이처럼 일본의 주택가는 소음이 완벽하게 차단되어 있을 뿐만 아니라 어린이들의 정서에 해로운 유흥업소가 인접하고 있지 않답니다. 게다가 주택가에서는 자동차도 서행으로 달리기 때문에 주거 환경이 무척 조용하죠. 저쪽에 건물들 보이시죠? 일본의 건물들 중에는 작은 규모의 건물들이 참 많아요. 그런 건물들은 색상이 밝은 계통이 대부분이구요. 작은 건물에 색상까지 어두우면…… 상상이

가시죠? 이쪽에 호텔이 있는데 잠깐 소개해 드릴게요. 일본 호텔의 객실은 크기가 굉장히 작아요. 특히 비즈니스 호텔의 객실은 더욱더 작구요. 그곳에는 침대와 작은 냉장고, TV가 전부랍니다. 이에 비해 러브호텔은 방도 크고 각종 편의 시설이 완비되어 있으며 객실을 드나들 때도 남이 보지 못하도록 디자인되어 있을 뿐만 아니라 몰고 온 차량의 번호도 확인할 수 없도록 보호를 해줘요.

이제 전철을 타러 가볼까요? 일본의 역은 모두 도시의 심장부에 위치하고 있어요. 역을 중심으로 식당가와 쇼핑센터가 밀집해 있죠. 도쿄에서는 시민의 90%가 전철을 이용하고 있어요. 서울의 지하철과 비교해서 특별히 다른 점이 있다면 각 노선마다 여러 종류의 전차가 운행한다는 점이에요. 완행과 급행은 물론이고 특급이라고 해서 큰 정차역에서만 정차하는 전차 등 종류가 매우 다양하답니다. 지금은 러시아워라 전차 안이 굉장히 붐비고 있군요. 서울의 전차 안과 비교해서 색다른 점이 있다면 도쿄의 전철 안에는 주인 없이 선반 위에 굴러다니는 신문이 없다는 점이죠. 일본인들이 전철 안에서 신문 읽기를 무척 좋아하는데도 왜 신문이 없을까요? 그 이유는 일본인들은 보고 난 신문을 항상 전철 밖으로 가지고 나가서 쓰레기통에 버리거나 하기 때문입니다. 지금은 러시아워라 신문을 보는 사람이 한 명도 없군요. 잠시 승객과 인터뷰를 나눠볼게요.

밍키 : 승객들 중에, 왜 지금 신문을 보는 사람이 한 명도 없다고 생각하세요?

승객 : 그건 일본인들의 예절 때문입니다. 지금처럼 승객이 밀릴 때는 아무리 신문을 보고 싶어도 참는 거죠. 그리고 꼭 봐야 할 때

는 신문을 최대한 작게 접어서 본답니다. 이만 시간 관계상 제가 부연 설명을 하지 않아도 될 것 같군요. 남에게 피해를 주지 않으려는 그야말로 우리 일본인다운 모습이죠. 한국에서는 전철 안에서 "어, 난데."란 말을 자주 들을 수 있다던데 일본에서는 전차 안에서 가급적 핸드폰 사용을 자제하려고 한답니다. 물론 모든 일본인들이 다 그렇다는 것은 아니며 오히려 신인류들은 정반대로 남을 의식하지 않고 연인과 자연스럽게 키스하는 것을 쉽게 찾을 수 있구요. 가만 있자, 저쪽에 어떤 남자가 러시아워 시간을 이용해서 치한 행각을 벌이고 있군요. 보아하니 샐러리맨 같은데 허우대는 멀쩡해 가지고 저런 짓을 일삼는 일본인들을 보면 같은 일본인이라는 사실이 치욕스러워요. 그런 의미에서 한번 치한과 인터뷰를 해보시죠.

밍키 : 저 실례지만 지금 가고 계시는 목적지가 어디시죠?

치한 : 없습니다. 단지 전철 안이 사람들로 북적거려서 '오늘도 즐겁겠다'싶어 무작정 탔습니다.

밍키 : 지금 당신의 손은 어디를 향하고 있죠?

치한 : 보면 모르십니까? 아니, 느껴지지 않습니까?

밍키 : 어머, 이 아저씨 좀 봐. 내가 촬영에 몰입하는 사이에 앞쪽에 있는 아줌마에게 향하던 손이 어느새 내게로 왔잖아. 정말 용감하시네.

치한 : 뭘요. 겨우 수습훈련을 마친 치한계의 새내기인걸요.

밍키 : 선무당이 사람 잡는다더니…….

치한 : 저는 선무당이 아니라 '선'머슴입니다. 물 건너에 있는 누구는 자기 자신도 '밤에' 바로 '서지' 못하면서 무슨 무슨 '역사 바

로 세우기'를 한다고 코미디를 했다죠. 자고로 자기 자신이 바로 '서야' 국가건 역사건 '바로 세울 수' 있다고 봅니다.

밍키 : 당신의 아랫도리를 보아하니 당신은 누구를 욕할 처지가 못될 것 같은데요. 바로 서기는커녕 지퍼 옆으로 휘었잖아요. 게다가 길이도 짧고, 다리가 짧으면 가운데 다리라도 길어야지 말이야.

사실 제가 이 부분은 일본인의 어두운 면이라서 편집하려고도 생각했는데 그래도 편집 안하기로 했어요. 한국인이 일본인만 보면 솔직하지 못하다고 하는데 그런 말이 듣기 싫어서 말이에요.

자, 그럼 이제 이런 더티한 전철 안에서 나오도록 할게요. 저쪽에 출구가 보이는데 역 직원이 손님들 한 분, 한 분께 인사를 하는 모습이 참 인상적이군요. 하지만 일본인의 친절은 습관일 뿐이므로 일본인이 착하다거나 예의가 바르기 때문에 그렇다고는 생각지 마세요.

조금 이쪽으로 가볼까요? 바로 앞에 대학병원이 있는데 한번 들어가 볼게요. 구내에는 서점과 꽃집을 비롯해서 환자와 보호자들을 위한 부대시설이 잘 갖춰져 있군요. 한국에서는 병원을 상업적으로 이용할 수 없다던데 아직도 그런가요? 일본에서는 선전하는 데 아무런 제약이 없어요. 저쪽에 병원을 청소하시는 아주머니께서 인수인계를 하시기 위해 후임자에게 설명을 하고 계신 것 같은데 한번 엿들어 볼까요? 아마 일본인이 얼마나 친절하고 철저한 국민인가 하는 것을 아시게 될 겁니다.

선임 청소부 : 아주머니, 청소를 하시다가도 환자나 의사가 지나가면 청소를 멈추시고 정중하게 인사를 하셔야 돼요. 그리고 청소 용구를 복도에 놓아두면 지나가는 사람들이 불쾌해 하니까 절대로

놓아두지 마세요. 그리고 엘리베이터를 타실 때는 주위의 승객에게 불편을 주지 않도록 각별히 주의하세요.

밍키 : 아주머니, 오늘 인수인계 교육을 처음 받으시는 거예요?

후임 청소부 : 아닙니다. 오늘로 교육을 받은 지 5일째 됩니다.

이처럼 일본에서는 청소부의 인수인계도 수일에 걸쳐 아주 꼼꼼하게 이루어진답니다. 이제 슬슬 배가 고픈데 식당으로 발걸음을 옮겨 볼까요? 마침 계산하고 계시는 손님들이 보이는군요. 보시다시피 일본인답게 1엔까지도 각자 계산하고 있네요. 일본에 관광 온 한국분들이 이런 모습을 보고 너무 구두쇠 같다고 그러시는데 그건 상대적인 차이에서 온 것일 뿐, 일본인이 구두쇠라서 그러는 것은 아니에요. 모든 일본인의 생활에 그러한 태도가 배어 있기 때문에 자연스럽게 취하는 행동일 뿐 구두쇠라서 그러는 것은 아니라는 말이죠. 어떻게 민족 구성원 모두가 구두쇠가 될 수 있겠어요? 한국의 기준이 절대적인 것도 아닌데 무조건 한국에 비해 검소하다고 해서 쩨쩨한 국민이라고 말하는 것은 너무한 것 같아요. 그래도 솔직히 한국인들이 통 크게 밥값을 계산하는 것을 보면 멋있어 보이고 상대적으로 일본인의 모습이 좀팽이 같아 보일 때도 있어요.

어머, 저쪽 보이시죠? 저 아찌 말예요. 일본인으로서는 보기 드물게 친구들하고 먹은 밥값을 계산하고 있네요. 이런 '역사적인' 순간을 목격했으니 인터뷰를 안할 수 없겠죠?

밍키 : 어머, 아찌 캡이다.

혼자 밥값 낸 아찌 : 사실은 말이야. 아까 식당에 오기 전에 친구들한테서 각자의 밥값을 걷어서 내가 대표로 '폼'만 잡은 것뿐이야.

어때, 내 개폼 괜찮았어?

밍키 : 언제부터 한국인처럼 '폼' 잡는 것에 연연하시게 되셨죠?

혼자 밥값 낸 아찌 : 내가 작년에 한국에 간 적이 있는데 거기서
는 식당에서뿐 아니라 돈을 지불하는 모든 곳에서 폼을 잡지 않으
면 그나마 개폼도 잡지 못하고 이지메(일본의 왕따) 당하게 생겼더
라구. 물론 멋있어 보이기도 해서 따라해본 거야. 한국인만 일본인
따라하라는 법은 없잖아.

아찌의 대사가 한국인의 허를 찌른 것 같은데, 그럼 이제 분위기
를 바꿔서, 저쪽에 손님들이 방에 들어가면서 자신의 신발을 나올
때 신기 편하도록 가지런히 놓는 것 보이시죠. 일본에서는 식당에
서나 남의 집을 방문해서나 신발을 벗을 때 나중에 신을 때 편하도
록 가지런히 놓아두는 것이 일반적인데 비해 한국인들은 그렇지
않다고 하더군요.

그럼 이제 진짜로 분위기를 바꿔 볼까요? 저쪽에 술집 보이시
죠? 한번 들어가 볼게요. 일본에서는 나이 어린 사람이 나이 많은
사람에게 술을 따를 때도 한 손으로 따른답니다. 예전에 한국에서
한국인 친구의 부모님과 술자리를 가진 적이 있었는데 제가 친구
의 부모님께 한 손으로 술을 따르니까 굉장히 불쾌하신 표정을 지
으시던데……. 그때 제 친구가 한국에서는 손윗사람에게 술을 따
를 때는 두 손으로 따라야 한다는 것을 가르쳐 주었어요. 상당히
놀라운 경험이었죠.

또한 제가 술을 마실 때 고개를 돌리지 않고 마시니까 그것도
실례가 된다고 하더군요. 오히려 일본에서는 고개를 돌리고 마시
면 실례가 되는데……. 그리고 일본에서는 술을 마실 때 상대가 잔

을 조금만 비워도 즉각 즉각 가득 채워 주는 것이 습관화되어 있답
니다. 때문에 자신의 주량을 잊은 채 계속 받아 마시다 보면 인사
불성 되기가 쉽죠. 물론 그렇게 되기 전에 남은 술을 술집에 맡기
고 나와야겠죠. 일본에서는 조금이라도 남은 술이 있으면 손님의
이름을 붙여서 몇 년이고 보관해 주니까요.

한국에서는 결혼한 주부가 남편 이외의 남자에게 술을 따르는
것에 거부 반응을 보인다고 하던데 일본에서는 의례적인 일이에요.
또한 여직원이 남자직원들 사이를 돌아다니며 술잔을 채워 주는
것을 일본에서는 당연한 것으로 여기고 있기도 하구요. 이것을 본
한국 여자 그분이 누구였더라, 전여옥 씨인가 하시는 분이 격양된
말투로 여자를 남자에게 서비스만 하는 존재로 취급하는 것 같다
며 불쾌해 하시고 그런 내용을 <일본은 없다>라는 책에 쓰셨다
는 얘기를 들은 적이 있어요. 물론 그 책은 일본에서도 출간되었기
때문에 시간 내서 사볼 생각이에요. 그리고 더 시간이 나면 <한국
은 없다>라는 책을 쓰고 싶구요.

지금까지 밍키였습니다. 밍키통신 끝.

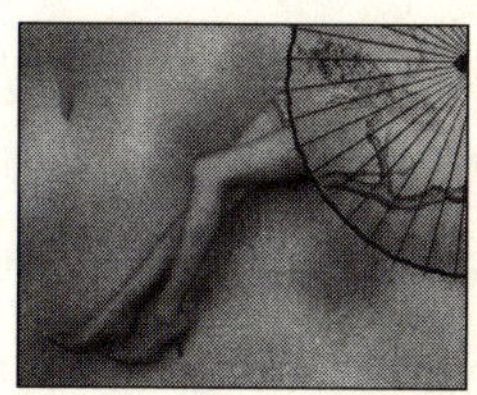

| 사회 |

20세기 MADE IN JAPAN

20세기의 일본 샐러리맨이 겪는 비애를 사실적으로 보여주기 위해 '20세기 MADE IN JAPAN'이라는 제목의 시나리오(시나리오라고 하기엔 너무너무 미흡하지만)를 만들어 봤다. 시나리오의 주인공 '바로나와'는 가장 보편적인 일본인의 모습이고 '바로나와'의 가정 환경과 사회 환경 역시 20세기를 살아가는 보편적인 일본의 모습이다. 따라서 본 시나리오는 일본의 신세대인 신인류의 생활 방식과는 상당한 차이가 있는 구인류(구세대)들의 생활상에 포커스를 맞췄다.

제목 : 20세기 MADE IN JAPAN

주제 : 일본 샐러리맨들의 비애

소재 : 호스테스 클럽. 성감 헬스

주인공 : 바로나와

취지 : '20세기 MADE IN JAPAN'이라는 제목은 두 가지의 상징적

의미를 지닌다. 첫째는 일본이라는 거대한 기업, 즉 (주)일본이 만들어
낸 일 중독에 걸린 일본 샐러리맨을 의미하고, 둘째는 일본만이 가지
는 일본의 특수성을 의미한다. 이 작품에서는 일본 샐러리맨만이 느
끼는 비애를 보여준다. 매일같이 쌓이는 스트레스를 풀기 위해 회사
동료들과 회사 돈으로 호스테스 클럽을 찾는 샐러리맨들, 그들에게
집은 하숙집의 약자에 불과하다. 요즘에는 일본의 아내들도 이에 질
세라 남편이 퇴직금을 받음과 동시에 이혼을 요구한다. 그쯤되면 일
본의 샐러리맨들은 회사에 대한 소속감도 상실하고 아내마저 상실한
채 처절한 말로를 맞는다. 이제 이러한 일련의 일본적 특수성을 낱낱
이 파헤친다.

S#.1 호스테스 클럽

일본에서는 샐러리맨들이 과중한 업무에 매일매일 시달리기 때
문에 스트레스를 풀기 위해 자주 호스테스 클럽을 찾는다. 물론 회
사의 바이어를 접대하기 위한 차원도 있다. 호스테스 클럽에서는
직장 상사에게 가벼운 농담도 거리낌없이 한다. 특히 클럽에 있는
호스테스들의 신체를 가지고 유치한 농담을 많이 한다.

<감상 포인트> 호스테스 클럽에서 보여주는 일본 샐러리맨들
의 서열을 무시한 말장난과 호스테스들에게 육체적인 모욕성 농담
을 '즐기는' 모습.

바로나와 : 부장님, 지금 돋보기 가지고 계십니까?

부장 : 돋보기는 뭐에다 쓰려구?

바로나와 : 세이키(호스테스 이름) 가슴이 너무 작아서요

부장 : 맞아. 세이키는 너무 빈약해. 가슴에 가야 할 살이 모두 히

프로 갔어.

사원 1 : 유리코(호스테스 이름)는 완전히 숏다리네.

바로나와 : 이봐, 숙녀에게 그게 무슨 말버릇이야. 그럴 때는 숏다리가 아니라 롱상체라고 하는 거야.

사원 2 : 그래, 그럼 하나코는 다리가 짧으니까 숏상체겠군.

사원 1 : (코 사이에 손으로 V자를 표시하며) 자네 사이코 아냐? 하나코와 사이코 같은 코자 돌림이라서 궁합도 잘 맞겠군. 하나코에게는 숏상체라고 하지 않고 멋있게 롱다리라고 하는 거야.

부장 : 자네 담배 있나?

바로나와 : (자신의 온몸을 뒤지며) 여기다 뒀던가? 아니면 저기? 거기? 거시기? 아하! 거시기에 뒀구나.

세이키 : (일본의 호스테스답게 재빨리 부장의 담배에 불을 붙여 준다)

사원 1 : 이봐, 세이키. 자네 너무 동작이 느린 거 아냐?

S#.2 바로나와 자택(새벽 2시)

<감상 포인트> 일본의 샐러리맨들이 굳이 호스테스 클럽에서 술을 마시는 이유와 가정에서 존재 가치를 상실한 점.

아내 : 오늘도 어김없이 늦으셨군요

바로나와 : 그래서?

아내 : 집에서 술 마시면 안돼요?

바로나와 : 이봐. 회사에서 부장님 이하 전 직원이 다같이 가는데 어떻게 나만 빠질 수 있겠어? 그리고 집에서는 마실 기분이 나질

않아. 왜냐하면 집에서는 '아버지'라는 존재와 '남편'이라는 신분이 있기 때문에 체면상 속마음을 드러내 놓고 솔직하게 술을 마실 수가 없기 때문이지.

아내 : 가족보다 회사 동료들과 있을 때가 더 편한가요?

바로나와 : 솔직히 그래. 집에서 나라는 존재는 돈 버는 기계 이상의 의미가 없잖아. 자식들 뒷바라지는 자네가 다하고, 난 뒤에서 돈만 대주면 되는 거야. 덕분에 난 홀가분한 마음으로 회사 일에 전념할 수 있어. 그러니 가족들과 무슨 유대감이 생기겠어? 차라리 밤늦도록 같이 지내는 회사 동료들과 친밀감이 더 많지.

아들 : (아빠의 얼굴을 잊고) 누구세요?

바로나와 : 아빠라고 불리는 사람이란다.

아들 : 낯선 남자에게서 아빠의 향기가 난다.

아내 : 여보, 오늘은 1년만에 모처럼 열정적인 밤을 설계하고 싶어요.

바로나와 : 난 당신을 보면 다리에 힘이 풀려서 '서' 있을 수가 없어.

아내 : 도대체 뭐가 '서' 있을 수 없다는 말인지……

S#.3 성감 헬스

바로나와는 어제 아내의 요구를 들어줄 자신이 없어서 회피했지만 모처럼 자극받은 말초신경을 존중하는 차원에서 성감 헬스(삽입을 제외한 신체적 접촉으로 오르가슴을 느끼는 일본의 섹스숍)를 간다.

바로나와 : (섹스가 금지돼 있지만 자신을 시험해 보겠다는 일념

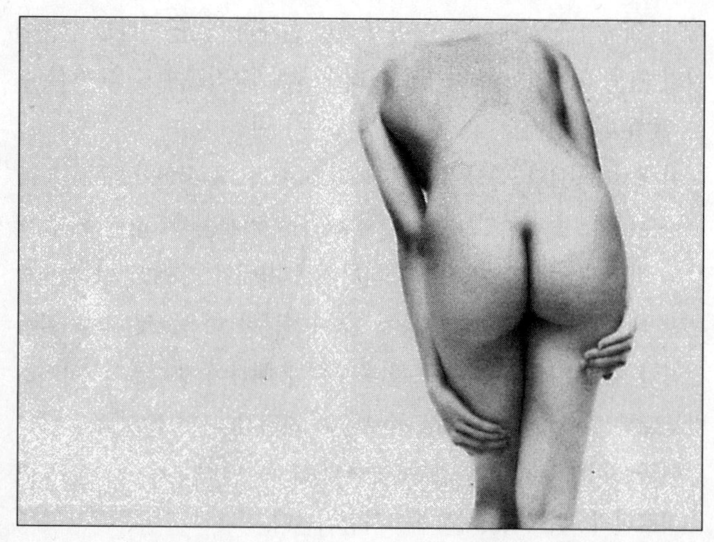

으로 섹스를 한다)

　여종업원 : (비웃으며) 바로 나오네.

　바로나와 : (창피한 듯) 21세기는 정보화 사회야. 정보화 사회에서
는 빠른 게 경쟁력이지. 하하하.

　숍 주인 : 규칙을 어기고 섹스를 했으니 벌금을 내세요

　바로나와 : 겨우 1분 어겼는데……

　숍 주인 : 그래도 어기신 건 어기신 겁니다. 안되셨군요 괜히 비
싼 벌금 내고 조루 실력만 발휘하셨으니……

　여종업원 : 잘가, 조루 아저씨.

S#.4 헬스클럽

　바로나와는 자신이 1분짜리라는 사실이 싫어서 신체 단련을 하
기 위해 헬스클럽을 찾아간다. 바로나와는 하루 3시간씩 운동, 특

히 하반신 운동을 하고 팔굽혀펴기를 하루에 100번씩 한다. 특이한 점은 팔굽혀펴기를 할 때 숫자로 하나 둘 셋……. 해서 100개를 세는 게 아니라 10음절로 된 문장을 열 번 반복한다는 것이다. 10음절로 된 문장은 다음과 같다.

"바 로 나 오 지 마 라 말 이 야."

헬스클럽을 6개월 정도 다닌 후 바로나와는 아내와의 잠자리를 마음먹는다. 그는 아내와 관계를 갖기 하루 전날, 예행연습 차원에서 개인 플레이를 해본다. 개인 플레이는 50분만에 끝난다.

바로나와 : 좋아. 이 정도면 많이 발전한 거야. 나처럼 남편이 바로 '서'야 가정도 바로 설 수 있겠지.

S#.5 바로나와 자택

바로나와는 회사에서 귀가하자마자 아내를 침대로 유도한다.
<감상 포인트> 일본의 부부 사이에는 과연 섹스가 없는가.

아내 : 기 넣어 줘.
바로나와 : 으랏차차차.
(50분 후)
아내 : 안 들어오면 쳐들어간다.
바로나와 : 안되겠어. 사랑이 없는 섹스는 죄악이야.

S#.6 바로나와 자택(퇴직한 날)

<감상 포인트> 회사밖에 모르는 일본 샐러리맨은 회사에서 퇴직함과 동시에 의지할 곳 하나 없는 고아가 된다. 물론 모든 샐러

리맨이 그런 것은 아니지만.

아내: 난 오늘을 기다리며 살아왔어요. 우리 이제 이혼해요.

바로나와: 아들아, 넌 어떻게 생각하니? 엄마와 아빠가 이혼했으면 좋겠니?

아들: 갑자기 왜 저한테 친한 척하세요? 이혼 문제는 두 분만의 문제니까 저랑은 상관없는 일이에요. 두 분이 알아서 하세요.

바로나와: 그래도 난 네 아버지잖니?

아들: 아빠가 지금까지 아버지로서 제게 신경 한 번 쓰신 적 있어요? 지금까지 아빠의 아내는 회사였고 아빠의 자식은 업무 실적이었어요.

바로나와: (말을 잇지 못한다)

아내: 빨리 서류에 도장이나 찍어요.

바로나와: (처자식의 차가운 외면에 마지못해서 도장을 찍는다)

사회

무엇이 일본인을 움직이는가

　　다음은 일본인을 움직이는 일본인의 심리를 심층 분석한 것이다. 내용의 효과적인 전달을 위해 가상의 일본 심리학자(프로이)를 중심으로 학생들과 토론하는 형식을 취했다. 아울러 본 토론은 '의식론'(S. 프로이트)을 기본 텍스트로 했음을 밝혀 둔다.

S#.1 '무엇이 일본인을 움직이는가' 토론장(첫째주)

　　일본 심리학계의 최고 권위자인 프로이는 일본인의 심리를 주제로 한 토론을 하게 됐다. 이 토론은 총 2주 동안 각각 다른 내용으로 주 1회 실시된다.

　　프로이 : 이번 시간에는 일본인의 집단 지향에 대해서 토론해 보겠습니다. 우선 직장이라는 집단을 살펴볼 때 일본인은 회사를 단지 생계수단으로만 생각하지 않고 회사와 자신을 동일시하려는 경향이 짙은데 그 이유가 뭐라고 생각합니까?

학생 1 : 회사와 자신을 동일시한다는 말은 회사와 자신을 일체화시킨다는 말인가요?

프로이 : 그래요

학생 2 : 자신감이 없기 때문에 집단과의 일체화를 통하여 자신을 강화하려는 게 아닐까요?

학생 3 : 일본 회사의 종신고용제 때문이라고 생각합니다.

학생 1 : 하지만 요즘의 젊은 세대들은 탈집단주의를 외치는 경향이 있습니다.

프로이 : 모두 좋은 의견들입니다. 흔히 말하기를 일본인은 자신감이 없고 소극적이라고 말합니다. 그건 일본인이 지나치게 남을 의식하기 때문에 나타나는 현상이죠. 즉 주체성 있는 행동을 하기보다는 자신의 행동이 남의 눈에 어떻게 보일까를 너무 의식한다는 말입니다. 일본인들이 GNP 숫자에 민감한 이유도 남을 의식하기 때문입니다. 숫자상으로 평가된 서열을 통해 다른 나라로부터 어떻게 평가받고 있는가를 따지는 거죠. 이러한 소극적 행동 경향은 판단력의 상실을 가져옵니다. 그래서 자신의 판단에 자신감을 잃게 되고 그러다 보니 자신의 판단보다는 집단의 판단에 무조건 따름으로써 책임을 회피하는 겁니다. 이 때문에 집단의 판단에 순응만 하게 되고 조금도 집단의 행동에서 벗어나려 하지 않는 겁니다. 따라서 나약한 자신을 집단과 동일화함으로써 자신의 나약함을 메우려는 거죠. 현실적으로는 아무것도 메워지는 게 없는데도 말입니다.

학생 1 : 그 말은 자신과 집단을 동일시하는 것이 순전히 착각일 뿐 그 이상은 될 수 없다는 건가요?

　프로이 : 그렇죠. 순전히 착각일 뿐입니다. 자신과 회사가 동일화 된다는 게 어떻게 실현될 수 있겠습니까? 집단의 판단에 모든 것을 맡긴 채 집단의 의견대로만 하면서 그게 자신의 판단이라고 착각하는 거죠. 아무리 자식이 엄마에게 복종하고 엄마의 판단만을 따른다고 해도 엄마의 판단이 자식의 판단이 될 수 없고 엄마가 자식과 동일화될 수 없는 것과 같은 이치입니다.

　학생 2 : 정신적인 안도감일 뿐 그 이상은 될 수 없겠군요.

　프로이 : 정신적인 안도감만 주면 좋겠지만 문제는 주체성을 상실하게 만든다는 거죠. 마치 마마보이처럼 말입니다.

　학생 1 : 그렇다면 어머니와 자식간의 일체화도 착각일 뿐이라는 말인데 일본의 어머니와 자식간에는 그런 착각을 하는 모자가 많다고 들었습니다.

　프로이 : 서양에 비해서 일본은 모자간의 일체화를 추구하는 경향이 강합니다. 어린 자식은 세상을 잘 모르기 때문에 어머니와의 일체감을 통하여 정신적 안도감을 찾고 어머니는 자식을 바로 자신이라고 믿는 거죠. 이러한 일체감은 자신은 죽더라도 자식이 살아 있으니까 자신도 살아 있는 것이라는 생각도 갖게 합니다. 일본에서 모자간의 일체화 경향은 실제로 모자가 아닌 경우에서도 찾아볼 수 있습니다.

　학생 3 : 술집 종업원이 술집 주인에게 엄마라고 부르는 것을 말씀하시는 겁니까?

　프로이 : 그렇습니다. 술집 주인을 엄마라고 부르면서 정신적 안도감을 찾으려는 겁니다. 어렸을 적부터 그렇게 길들여져 왔으니까요.

S#.2 프로이 자택

프로이 딸 : 아빠, 오늘 토론의 쟁점은 무엇이었어요?

프로이 : 일본인이 집단과의 일체화를 꾀하려는 이유에 대해서였단다.

프로이 딸 : 아빠는 그 원인이 무엇이라고 생각하세요?

프로이 : 일본인은 소극적이고 자신감이 부족하기 때문에 집단의 힘을 빌려 자신감을 회복하고 싶은 거지.

프로이 딸 : 일본인이 자신감을 얻기 위한 방법이 집단과의 일체화만 있는 건 아니죠.

프로이 : 맞아. 사람이 자신감이 없으면 새로운 것을 취하기보다는 과거부터 지금까지 늘 해왔던 대로 하듯이 일본인도 그런 경향이 강하지.

프로이 딸 : 늘 해왔던 대로 하다 보면 일정한 틀에 박힌 것만을 하게 되겠군요.

프로이 : 그렇지. 그래서 일본인은 틀을 벗어나려 하지 않고 틀에 벗어난 사람을 일본적이지 않다고 비난하는 거야.

프로이 딸 : 하지만 다른 외국에서도 일정한 사회적 규범이 있잖아요. 그것으로 인간의 행동을 규정하고, 규범을 따르지 않으면 그에 상응한 대가를 치르게 함으로써 규정에 따르도록 유도하고…….

프로이 : 그러나 일본의 경우는 조금 달라. 법적 규제보다도 더 무서운 것이 있어서 일본인은 그것만큼은 지키려고 안간힘을 쓰지.

프로이 딸 : 그게 뭔데요?

프로이 : 관행이라는 거야. 예로부터 내려온 생활 관습을 지키려는 거지. 관례를 중시한다는 것은 정해진 틀을 벗어나지 않는다는

것을 의미하며 그렇게 함으로써 일본인은 잃었던 자신감을 얻는 거야. 또한 관례를 지킨다는 것은 자신감을 얻는 것에 그치지 않고 집단의 미래에 대해 예측할 수도 있어. 집단은 이변이 없는 한 관례를 따를 테니까.

프로이 딸 : 예측을 할 수 있다면 안전성을 보장받을 수도 있겠네요.

프로이 : 그렇지. 그렇기 때문에 집단의 구성원들은 집단이 영원할 것이라고 믿게 되고 그래서 더욱더 집단에 충성하는 거지.

프로이 딸 : 하지만 이렇게 관례를 따름으로써 얻을 수 있는 정신적 기능은 확실한 근거가 없어서, 좋은 게 좋은 거다라는 식으로 관례를 따르는 경우가 많잖아요.

프로이 : 그런 점 때문에 관례를 따르는 것이 비합리적이란 거야.

프로이 딸 : 비합리적인데도 관례만을 따르는 건 조금 이해가 가지 않는데요.

프로이 : 일본에서 관례를 따르지 않으면 그 집단의 구성원으로 머물러 있을 수가 없어.

프로이 딸 : 관례를 따르지 않는다고 해서 구성원의 자격을 빼앗는 건 너무 심한 것 같아요.

프로이 : 심하지만 그렇게 하지 않을 수 없어. 자격을 빼앗지 않고 그냥 놔두면 다른 구성원들까지 물들어 버리니까.

프로이 딸 : 그렇겠군요. 그런데 젊은 세대들은 과거에 집착하려 하지 않기 때문에 관례를 따르지 않을 것 같은데 아직까지도 연중행사만큼은 관례대로 따르려는 것을 느껴요.

프로이 : 맞아. 새해의 신사참배도 계속되고 있잖아.

S#.3 '무엇이 일본인을 움직이는가' 토론장(둘째주)

프로이 : 이번 시간에는 일본인의 '인간의 분류화'에 대해 살펴보겠습니다. 일본인은 인간관계 특히 회사에서의 관계는 확실한 서열을 중요시합니다. 이 서열은 굉장히 구체적이어서 동료들 사이에서도 출신 학교별로 학벌을 형성하는 경우도 많습니다. 물론 출신지에 따라 같은 고향 사람들끼리 뭉치거나 여성 그룹과 남성 그룹처럼 성별로 집단을 형성하는 경우도 있지만요.

학생 1 : 학교별로 학벌을 형성한다고 말씀하셨는데 이러한 경향은 인간을 능력별로 구분하여 공부 잘하는 아이가 명문대학을 진학한다거나 또는 공부를 못해서 곧바로 공장의 근로자가 된다거나 하는 인간들을 분류해서 일본식의 정형화된 인간을 대량으로 생산하는 것에서 볼 수 있습니다.

프로이 : 좋은 의견입니다. 일본에서의 그러한 분류화는 또 다른 예에서도 찾을 수 있습니다. 일본인이 운세나 별자리 같은 것을 잘 믿는 것이 그것입니다. 가령 아침 신문에서 오늘의 운세가 어떠어떠하다고 나왔다면 일본인은 스스로의 자기 암시에 의해 신문에 적힌 운세대로 따라하려는 경향이 짙습니다. 신문의 운세를 단순한 재미 이상으로 삼으려는 일본인들의 태도는 자기 스스로를 확실하게 하고 싶은 욕구에서 나오는 것이라고 할 수 있습니다. 다시 말해서 자신감을 얻기 위한 거죠.

학생 2 : 그렇다면 일본인이 혈액형의 성격을 그대로 믿고 그것에 맞추려는 것도 그 때문이겠군요.

프로이 : 그렇습니다. 가령 잡지에 B형이 샤프하고 다재다능하다고 나왔다면 그 잡지를 읽기 전까지는 둔탁하고 무능하던 사람이

샤프하고 다재다능해질 확률이 외국인에 비해 상대적으로 높다고 할 수 있죠. 즉 그 잡지를 보는 순간, 자기 스스로 샤프하다고 믿게 되는 거죠. 하지만 이건 극단적으로 긍정적인 경우이고, 대부분의 경우는 미신을 믿는다는 것 자체가 바람직하지 않다고 여깁니다.

학생 3 : 일본에서는 인간의 분류화 못지 않게 의사소통의 분류화도 강합니다. 물론 외국에서도 공문서 같은 것은 일정한 형태를 따르는 경우가 많지만 일본처럼 철저하지는 않습니다. 일본에서는 상사에게 보고서를 제출하는 경우에 있어서도 상사에 대한 존대어를 확실히 쓰지 않으면 안될 뿐 아니라 자신에 대한 겸양어도 반드시 요구됩니다.

프로이 : 맞습니다. 그러면 그러한 의사소통에 있어서 일본이 정해진 형태를 따름으로써 얻는 효과도 알고 있습니까?

학생 3 : 물론입니다. 바로 자신에 대한 분류죠. 매일매일 반복되는 의사소통의 형태에 익숙해짐으로써 사신의 위치를 인지하고 받아들이게 되는 것입니다.

프로이 : 그렇습니다. 결국 의사소통의 분류화도 궁극적으로는 인간의 분류화를 꾀하기 위함입니다.

학생 1 : 그러한 경향은 구어체에서도 찾아볼 수 있습니다. 일본의 일상적인 회화 속에는 자신이 속한 집단에 따라 반복적으로 사용하는 일정한 형태의 말이 있는가 하면, 아직까지도 남성과 여성이 쓰는 말에서 심한 차이를 보이고 있습니다.

학생 2 : 길거리를 가다 보더라도 백화점의 엘리베이터 걸의 용어와 극장의 암표상의 용어에서 직업상의 차이를 느낄 수 있습니다.

학생 3 : 뿐만 아니라 형사와 범죄자의 대화나 의사와 환자의 대화 속에는 상호간의 '인간 분류화' 작업이 자연스럽게 이루어지는 것을 느낄 수 있습니다.

프로이 : 맞습니다. 또한 일본에서는 외국에 비해 은어가 상당히 많은데 이러한 것도 인간을 분류화함으로써 얻을 수 있는 집단 구성원간의 동질성 강화작용 때문이라고 생각됩니다.

학생 1 : 구체적으로 말해서 은어는 그 은어를 사용하는 집단의 구성원만이 누릴 수 있는 직업의 편의 뿐만 아니라 서로의 연대감과 구성원간의 일체화를 촉진시킵니다.

학생 2 : 구성원간의 일체화를 꾀할 수 있는 것이야말로 일본에서 은어가 많은 결정적인 이유라고 생각합니다.

프로이 : 그렇다고 볼 수 있습니다. 집단간의 연대감이나 정신적 강화작용이 집단간의 일체화를 통해서 얻을 수 있는 효과에 포함되니까요

학생 1 : 유행어 사용의 확대도 같은 이유라고 볼 수 있습니다. 유행어 중에는 담임선생님을 담탱이(한국 버전)라고 하듯이 기성세대가 알아듣기 힘든 말을 사용함으로써 기성세대와의 배타적 의식과 친구들간의 또래 의식을 유발하여 집단의 소속감을 강하게 함으로써 자신감을 얻으려는 경향이 있습니다.

학생 2 : 하지만 그런 유행어가 기성세대에까지 알려지게 되면 그 유행어는 은어로서의 가치를 잃게 되어 오히려 그 은어를 쓰는 사람이 유행에 뒤처진다는 말을 듣게 됩니다. 마치 한국에서 '당연하다'를 '당근이다'라고 하는 것처럼 말입니다. 이미 한국에서는 '당근이다'라는 말이 일상어처럼 인식이 되어 버려서 앞으로 사용빈도가 급격히 감소할 것이 분명합니다.

프로이 : 당근입니다. 그런데 주목할 만한 점은 일본의 젊은이들이 쓰는 유행어는 참신한 아이디어가 빛난다기보다는 서구를 모방하는 차원에 머무르고 있다는 점입니다. 일본의 서구 지향이 유행어를 만드는 것에까지도 영향을 미치고 있습니다. 서구적인 언어를 씀으로써 일종의 우월감을 느끼는 거죠.

학생 2 : 일본에서는 언어를 일정한 형태에 맞추려는 경향이 책으로도 발간되는 경우가 많습니다. 연애 편지는 물론 동창회에서의 연설문이나 입사 면접시험에 대한 모범적인 답안, 심지어는 외박한 남편에게 보내는 편지에 대한 소개도 책으로 출판되고 있습니다. 어쩌면 머지 않아 스타에게 보내는 팬레터의 예시문도 출판되지 않을까 하는 생각이 듭니다. 이렇게요

☆ 예쁜 희선이 누나에게 ☆

누나의 반짝이는 눈빛과
사랑스런 미소와
아름다운 표정과
너무 착한 마음은
제 눈빛을 반짝이게
미소를 사랑스럽게
표정을 아름답게
마음을 착하게 만들었습니다.
희선이 누나를 사랑합니다.

S#.4 프로이 자택
프로이 딸 : 아빠, 오늘은 무슨 주제로 토론 했어요?

프로이 : 일본에서 두드러지게 나타나는 '인간의 분류화'와 '형태 지향의 일본인'을 주제로 한 토론이었어. 네가 지금 먹고 있는 인스턴트 식품도 또 다른 의미의 분류화라고 할 수 있어.

프로이 딸 : 인스턴트 식품이 인간을 분류화한다는 말인가요?

프로이 : 정확히 말해서 간접적으로 분류를 유도하지. 인스턴트 식품이 나오기 전에는 어머니가 해주시는 밥을 먹기 위해 집안의 식구들이 모여서 먹지만 인스턴트 식품은 누구라도 혼자서 먹을 수 있기 때문에 가족을 분리시키지. 따라서 가족이라는 하나의 집단 구성원들을 개별화시킴으로써 다른 집단에 속하도록 유도하는 거야. 비슷한 예로 일본의 집을 들 수 있어. 일본의 집 크기는 너무나 작기 때문에 핵가족화를 유도하고 이 때문에 할아버지나 할머니들은 자식들과의 '분류화'를 할 수밖에 없게 되지. 즉 가족이라는 집단에서 양로원이라는 집단으로의 분류를 말하는 거야.

프로이 딸 : 그렇군요. 아빠, 우리 정원에 나가서 이야기해요.

프로이 : 그러자꾸나. 근데 너 이거 아니? 일본의 정원에 표현된 일본인의 심리 말이야.

프로이 딸 : 정확히는 모르겠지만 서양의 정원과 비교해서 뚜렷한 차이가 나는 건 알 것 같아요. 서양의 정원은 단지 바라보는 것을 위주로 해서 설계하는 데 비해, 일본의 정원은 걸어가는 사람의 시선에 따라 변하는 정원의 모습을 위주로 설계한다는 느낌이 들어요.

프로이 : 맞아. 그러면 그 차이가 무엇을 의미하는지는 아니?

프로이 딸 : 일본의 정원이 더욱 자연과 가깝다는 거죠.

프로이 : 바로 그거야. 자연과 가깝다는 것은 자연에 대한 지향임

과 동시에 자연과의 일체화를 의미하지. 일본의 정원이 자연과 더욱 가깝다는 것은 일본의 정원이 자연을 모델로 삼으니까 일본인의 심리를 파악할 수 있지 않겠어. 바로 일정한 모델을 지향한다는 거지.

프로이 딸 : 그렇군요. 일본인이 모델을 지향하려는 욕구의 발로군요. 그런 의미에서 일본에 정교한 인형이 발달한 것도 인간이라는 모델을 지향하려는 욕구에서 나온 것이겠군요.

프로이 : 그렇지. 마리오네트(인형의 일종)는 너무나 정교하여 인간조차도 표현할 수 없는 표정을 연기할 정도니까.

프로이 딸 : 이토록 일본인이 모델을 지향한다면 좋은 점도 있겠지만 예술가에게는 결코 도움이 될 수 없다고 생각해요.

프로이 : 아무리 일본인이라고 해도 예술가는 다르지. 일본의 예술가들은 정해진 모델을 따르지 않고 새로운 모델을 창조한다고 볼 수 있어.

프로이 딸 : 예술가가 창조한 모델이 훌륭한 것이라면 그 모델이 하나의 일정한 모델로 인식되어 다른 일본인의 추종을 유발하겠군요.

프로이 : 그렇지. 일본의 종가제도는 끊임없이 계승되고 있고 일본인의 생활의식에서는 종가의식을 반영하는 것이 많아. 사제관계에서는 서열이 엄격하고 스승의 권위는 절대적이지. 그런데 일본의 종가제도는 예술 분야에만 국한되지 않고 과학 분야에도 적용되고 있어.

프로이 딸 : 유독 일본에서만 종가제도가 광범위하게 퍼져 있는 이유가 뭐죠?

프로이 : 아주 좋은 질문이야. 그 질문의 답에서도 일본인의 심리를 파악할 수 있는 열쇠가 있지.

프로이 딸 : 빨리 가르쳐 주세요.

프로이 : 일본인들은 종가제도를 따름으로써 종가라는 집단과의 일체화를 꾀하려 하는데, 이것 또한 상실한 자신감을 얻으려는 심리가 작용하고 있다는 거지.

프로이 딸 : 일본인의 이러한 모델화 경향을 엿볼 수 있는 또 다른 예가 있나요?

프로이 : 아주 많아. 일본인은 회사에서 복장에서부터 인사법까지 지나치게 회사의 간섭을 받고 있어. 회사에서는 상사에게 인사하는 형식을 정중한 인사법에서부터 가벼운 인사와 그 중간 경우의 인사법으로 나눠서 아주 세밀하게 설명하고 그것에 따르게 하지.

프로이 딸 : 그러면 정중한 인사는 어떤 거죠?

프로이 : 첫째, 상대와 마주본다. 둘째, 45도로 허리를 굽힌다. 셋째, 시선은 상대의 발밑을 향한다. 넷째, 손가락은 서로 붙인 채 손바닥을 편다. 다섯째, 남자는 손을 바지 옆에 대고 여자는 허리를 구부리면서 손을 앞으로 가져온다. 여섯째, 다리를 모은다. 이렇게 정중한 인사법은 상사에게 어떤 부탁을 할 때 사용되지.

프로이 딸 : 그러면 중간 인사는 어떤 거예요?

프로이 : 첫째, 정중한 인사에서 허리를 20도로 구부린다. 둘째, 시선은 상대의 얼굴 밑을 본다. 그리고 중간 형태의 인사법은 출근 때나 상사로부터 질문이나 명령을 받을 때 또는 회의나 상담을 할 때 사용되지.

경제

버블이 빛나는 밤에

일본의 대장성을 비롯한 각종 언론의 해설자들은 일본 국민을 기만하고 거품경제의 진범을 은행에게 뒤집어씌웠다.

내용의 효율적인 전달을 위해 가상의 일본인(리키) 생활을 24시간 살펴보는 형식을 취했다.

S#.1 리키 자택(회상)

리키는 은행의 고위 간부이다. 수년 전 거품경제가 일어났고 언론은 모든 책임을 은행에게 떠넘겼다. 리키는 그때를 회상한다.

앵커맨: 이번에 일본을 강타한 거품경제의 원인은 은행 업무의 자율화로 인한 결과라는 것이 대장성을 비롯한 각계각층의 분석입니다. 다음 소식은……

리키: (한숨을 쉬며) 그때만 생각하면 치가 떨린다. 한국 모 가수의 노래 제목처럼 '약한 자가 패배하는 세상'이구나. 모든 것을 우

110

리한테 뒤집어씌우다니.

리키 아들 : 그렇다면 왜 일본의 정치평론가들은 진상 규명을 하지 않았나요?

리키 : 일본의 정치평론가들은 국민을 속이는 게 할 일이니까.

리키 아들 : 거품경제가 정부의 정책 의도는 아니잖아요.

리키 : 명목상으로는 그렇지. 생각해 봐. 거품경제에 의해 누가 가장 이익을 보겠니?

리키 아들 : 정치적으로 보호를 받는 세력 아닐까요?

리키 : 그래. 바로 대기업이야. 대기업이 거품경제의 최대 수익자야. 일본 대기업들이 사업을 확장할 수 있었던 것도 그때였어. 자금이 들지 않으니까.

리키 아들 : 어떤 용도의 자금을 말하는 거죠?

리키 : 생산설비비를 말하는 거야.

리키 아들 : 그러면 일본 기업의 설비 투자자금은 어디서 나왔죠?

리키 : 가계에서 나왔지.

리키 아들 : (장난스럽게) 그래서 거품경제가 붕괴되었을 때 우리 집에 돈이 한 푼도 없었구나.

리키 : 그 때문에 일본에서는 장기간의 불경기를 맞게 되었지.

리키 아들 : 그래도 몇 년 전부터는 회복이 돼가고 있잖아요.

리키 : 그 회복을 위한 자금은 어디서 나오는 줄 아니? 바로 국민이야.

리키 아들 : 국민이 거품경제의 후유증까지 짊어져야 한다는 말이에요?

리키 : 그래. 네가 자주 타고 다니는 택시 요금이 인상된 것도 그

때문이지.

　리키 아들 : 그렇다면 누가 거품 경제의 진범이죠?

　리키 : 비공식적인 권력을 행사하는 부류가 거품경제의 진범이야.

　리키 아들 : 원래 시장경제제도에서는 거품경제로 돈을 빼내면 사회의 혼란을 가져오지 않나요?

　리키 : 그렇지. 자본재의 가격이 턱없이 오를 테니까. 그런데 왜 일본에서는 혼란이 없었는지 아니?

　리키 아들 : 대신 엔이 높아졌잖아요.

　리키 : 그런데 놀라운 건 소비자 경제에 영향을 주지 않았다는 거야. 인플레이션을 피하기 위해 일본의 기업들간에 연결된 인맥이 물가를 통제했기 때문이야.

　리키 아들 : 미국에서는 따라할 수도 없겠죠?

　리키 : 미국에서는 주가도 의도적으로 높일 수 없어. 금융전문 기자들의 집요한 문책에 답해야 하니까. 이건 클린턴도 예외일 수 없어. 이에 반해 일본의 대장성 관료들은 속 편하지. 주목할 점은 일본 대장성 관료들이 매스컴과 연대한다는 거야.

　리키 아들 : 그렇다면 금융 관련 뉴스를 보도할 때 공식 발표에서 조금만 벗어나면 기자계에서 쫓겨나게 되나요?

　리키 : 물론이지.

　리키 아들 : 그토록 막강한 일본 대장성 관료들의 권력은 어디서 나오죠?

　리키 : 여러 가지 이유가 있겠지만 가장 큰 이유는 정보를 독점하고 있기 때문이야.

S#.2 소프란드

리키는 자신의 아들과 대화하다가 지난날에 자신이 받았던 거품경제의 누명이 상기되면서 온몸이 뜨겁게 달아오른다. 리키는 열을 식히기 위해 소프란드를 간다. 소프란드는 한국에 있는 터키탕과 비슷한 개념이다. 리키

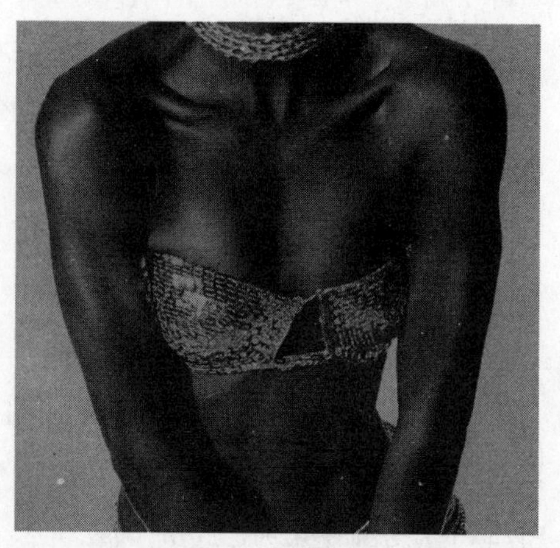

리키 아빠, 저까지 온몸이 달아오르네요.

가 자주 가는 소프란드는 재일교포가 운영하는 곳이다. 리키가 그곳을 애용하는 이유는 그곳의 여종업원들이 아름다운 한국 여인들이기 때문이다. 그중에서도 리키는 '황진이'라는 가명을 쓰는 여종업원을 가장 좋아한다. 황진이는 그 업소에서 미모가 가장 빼어날 뿐 아니라 머리가 똑똑해서 서비스를 받으면서 많은 대화를 할 수 있기 때문이다. 황진이는 가끔 리키에게 조언을 하기도 한다.

황진이 : (욕조에 거품을 만들며) 비눗방울이 부풀어오르는 게 마치 거품경제 때 극심한 부동산 투기로 인해 부풀어오른 허황된 부동산 가격과 같군요

리키 : 실제로 거품경제는 부동산 가치를 최소한 2배 이상으로 부풀렸어.

황진이 : 일본의 꾸준하고 막대한 무역 흑자가 왜 외국의 질책을 받는지 아시나요?

리키 : 그거야 배가 아파서 그렇겠지.

황진이 : 그렇게 싱거운 문제가 아니옵니다. 질책을 받는 이유는 일본의 무역 방식이 극도로 이기적이기 때문입니다.

리키 : 생산된 막대한 양의 공업 제품을 모두 판매하려면 수출에 크게 의존할 수밖에 없어.

황진이 : 그게 문제가 아니라 일부 한정된 품목을 갑자기 싸게 파니까 외국에서 당해낼 재간이 없기 때문입니다.

리키 : 일본 수출 품목이 가전 제품 등에 한정되어 다량으로 수출한다는 건 인정해.

황진이 : 그뿐만이 아닙니다. 일본은 외국 제품과의 경쟁을 피하기 위해서 수입을 적게 하고 있잖아요

리키 : 시장관리 차원이야.

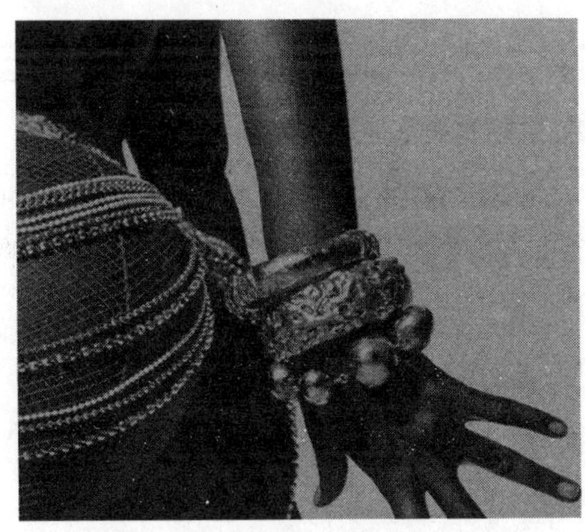

황진이의 손놀림에 뻑가고 입놀림에 뻐-억간 리키.

황진이 : 하지만 명심하세요. 언제까지나 외국에서 허용하지는 않을 거란 사실을요 그리고 일본의 대기업이 수익보다는 시장 점유율만을 중시하는 것도 외국 기업을 곤란하게 만들고 있습니다.

리키 : 일반적으로 시장에서 기반을 다지기 위해서는 그럴 수밖
에 없어.

황진이 : 그건 시장을 개척하기 위해 처음에만 필요한 것입니다.
반면에 일본의 기업들은 장기간에 걸쳐서 아주 싼 가격으로 공급
하고 있잖아요.

리키 : 그래도 그런 방식 때문에 외국 시장에서 일본을 상대하기
가 버거운 존재가 될 수 있잖아.

황진이 : 일본이 상대하기 버거운 경쟁자가 된 결정적인 이유는
일본 기업들의 든든한 후원자 때문이에요. 계열 은행에서는 자금
조달을 끊임없이 해주고 있잖아요.

리키 : 그 때문에 일본이 무서운 경쟁자의 차원을 넘어서 혀를
내두를 정도로 막강한 경쟁자가 되었지.

황진이 : 그뿐 아니라 외국 기업은 일본 시장에 가서 제대로 시
장 개척조차 하기 힘들어요. 워낙 경제 구조 자체가 치밀하게 얽혀
있으니까요.

리키 : 일본의 이러한 수출 방식을 바꿀 수는 없는 걸까?

황진이 : 바꿀 수 있어요. 그리고 바꾸는 게 좋아요. 하지만 국회
에서 쓸데없는 문제에 빠져 있었기 때문에 지금까지 바꾸지 못한
거예요.

리키 : 쓸데없는 문제라니?

황진이 : 뻔하잖아요. 정치인 골탕먹이기.

리키 : 그렇게 수수방관만 하다가 결국 1971년 달러 쇼크가 벌어
졌지. 당시 수많은 중소기업들이 쓰러졌어.

황진이 : 그때도 일본은 기적처럼 회생했죠. 뿐만 아니라 1985년

플라자 합의로 인해 엔의 가치가 거의 2배로 치솟아 외국시장에서
상품 판매 자체를 포기해야 할 형편에서도 일본은 끄떡없었죠. 그
와중에도 판매량 확대를 하고 있었잖아요.
　리키 : (시계를 보며) 벌써 1시간이나 됐네. 이제 집에 가봐야겠다.
오늘도 너랑은 이렇게 대화만 나누고 가는구나.
　황진이 : 가시기 전에 제가 시 한 수 읊어 드릴까요?
　리키 : 그거 반가운 소리구나.

　그녀 또다시

위안부 사과문 없었어도
해는 떴고 또 졌고
물 건너 세상은 하나도 변한 게 없었네

며칠 전 발표한 위안부 사과문
삼켰었던 그녀들의 슬픔이 갑자기 터져 오네
그녀들이 살고 싶은 삶이란 이게 아닌데

하늘 아래서
그녀들에게 금지된 단 한 가지는
포용하기 싫은 사람과 포용하지 않는 것

　리키 : (무안해 하며) 일본에서는 시민단체들이 위안부에게 보상
을 하도록 요구하고 있어.
　황진이 : 물론 자발적인 활동은 높이 평가하지만 한국의 풍토를

좀더 고려했으면 좋겠어요

리키 : 무슨 말이지?

황진이 : 정신대 할머니들은 가장 친한 사람에게도 과거를 밝히지 못하고 가슴 속 깊이 묻어둔 경우가 많은데 시민단체들이 명단을 밝힌다면 그분들의 입장이 난처해지잖아요

리키 : 정신대에 끌려갔던 서양 여성들은 자신들을 이해해 주는 남자와 결혼해서 행복하게 사는 경우가 많던데?

황진이 : 하지만 한국 같은 동양권에서는 상황이 좀 다르잖아요

리키 : 듣고 보니 일본 시민단체들이 그 점을 간과했구나.

황진이 : 또한 일본 시민단체들이 주장하는 보상은 사고로 사람을 죽이고 위로금으로 끝내면 된다는 식이에요.

리키 : 보상하려면 제대로 하란 말이지?

황진이 : 그렇죠 안하려면 모를까, 하려면 피해자 가족에게도 장기적인 지원금을 줘야 된다고 생각해요

S#.3 게이오 대학 경제학 강의실

일본의 명문대 게이오 대학에서 리키에게 '경제 혹은 거품경제'라는 주제로 강연을 부탁한다.

리키 : 경제란 사람들이 앞으로 경기가 어떻게 되겠다고 확신을 하는 대로 성립되기 마련입니다.

학생 : 그러니까 소문을 퍼뜨리면 되겠군요

리키 : 그렇죠 가령 이틀 후에 경기가 좋아진다는 소문을 퍼뜨려서 믿게 하면 사람들은 앞다퉈 투자를 할 것이고, 그러다 보면 소

문이 아니라 실제로도 경기가 좋아지게 되는 거죠.

　학생 : 그럼 그런 소문만을 전문적으로 내는 집단도 있겠군요.

　리키 : 물론이죠. 그 집단은 대중으로부터 신용을 받는 곳이어야 되구요.

　학생 : 일본의 대장성도 그렇겠군요.

　리키 : 정답입니다. 바로 대장성이 일본의 경기를 좌지우지하죠. 대장성의 구성원들은 경제를 창조하는 데도 일가견이 있는 사람들입니다.

　학생 : 경제를 창조할 수 있는 비결이 무엇입니까?

　리키 : 대장성 관료들의 천재성과 일본인들의 근면성이 탄생시킨 걸작이죠.

　학생 : 거품경제가 한참일 때는 도쿄 근교의 세 현의 부동산 가격의 합계가 미국의 전체 토지 가격보다 높았다는데 사실입니까?

　리키 : 사실입니다. 그렇게 비싼 토지는 하늘을 찌르는 일본의 주가를 당연하게 받아들일 수밖에 없도록 했죠.

　학생 : 거기서 멈추지 않고 하늘을 찌르는 주가는 다시 비싼 토지 가격을 더욱더 높이게 했죠. 80년대 중반부터 90년대 초반까지 은행 대출이 배로 늘어났는데 그 원인이 부동산 거래업자에게 있습니까?

　리키 : 그들의 잘못이 아니야.

　학생 : 일본의 금융 당국자들이 걱정하는 것이 뭡니까?

　리키 : 시장에서 멀리 떨어진 곳에서 주식과 토지의 가격을 높이는 거겠지.

일본은 지금 ZZZ

TV 전원을 켠다. 빈 채널에서는 소리가 난다.

지지지— 소리와 함께 TV 화면은 '현란하게 쓸쓸해' 보인다.

잠을 잔다. 무의식의 세계로 빠져든다.

숨소리가 살며시 들려 온다.

ZZZ— 소리와 함께 정지된 채 잠든 모습이 겉보기에만 평화스럽다. 꿈속에서는 불안과 공포가 하늘을 찌른다.

칠흑같이 어두운 밤이다. 앞이 보이지 않는다.

플래시를 켜고 후지산을 오른다. 정상에 올랐다.

어느덧 새벽이 왔고 더 높은 정상을 오르기 위해 이 산을 하산하려 한다. 그런데 새벽 안개가 자욱하다. 어디로 내려가야 할지 보이지 않는다.

일본은 지금 세계화를 외치며 새로운 날개를 펼치려 한다. 그런데 그게 쉽지가 않다. 아직 신세계는 멀었으며 새로운 지향을 거부하는 일본인들이 많기 때문이다. 일부의 화혼양재론자와 일부의 양혼양재론자 사이에서 사회적 단절이 생긴다. 사회적 단절은 사회적 공백으로 이어진다.

그것은 빈 채널의 쓸쓸함으로, 정지된 채 잠든 모습에서의 가식적인 평화스러움으로, 궁극적으로는 불안과 공포의 모습으로 일본인 앞에 다가온다.

그렇다. 어제 일본은 정상에 섰다. 그리고 오늘 새로운 지향을 위하여, 더 높은 정상에 오르기 위하여 하산한다.

그런데 새벽 안개 때문에 도무지 앞이 보이지 않는다.

안개는 플래시로도 극복이 불가능하다. 일본의 사회적 공백이 메워지기 전에는 쉽사리 걷히지 않을 안개다.

일본에서는 투명인간이라야 살기에 좋다. 괜스레 나시지 않고 분위기에 절대적으로 편승하며 자기 주장을 내세우지 않고 '있는 듯 없는 듯'해야 한다는 의미이다. 그래서 일본에는 투명인간이 많다.

다수의 일본인이 투명인간이다.

투명인간은 무게가 없다. 아니 무게를 느끼지 못한다. 그래서 다수의 일본인은 자신의 무게감 혹은 가치를 상실했다.

'난 왜 사는가?'

위의 질문에 자신있게 대답을 할 수 있는 일본인들이 몇 명이나 될까. 그리고 그들은 결국 생명의 무게도 상실하고 만다. 매년 2만 명 이상의 일본인이 '가볍게' 자살한다. 그런데 여기까지는 불행의 서곡에 불과하다. 인간이란 것이 원래 자기중심적인 동물이라서 자신의 무게감이 없으므로 타인의 무게감도 없을 것이라고 착각을 한다. 그래서 살인이 늘어난다.

남의 죽음은 완료형일까?

아니다. 진행형이다.

예전에 일본에서는 남의 죽음이 진행형이었다. 가령 뉴스에서 어느 지역의 지진으로 인해 사람들이 죽었다는 보도를 하면 시청자들은 몇 초가 되었든 몇 분, 아니면 몇 개월이 되었든 죽음을 당한 당사자나 그의 가족에 대한 애도의 마음을 느꼈다. 그러나 요즘 일본에서는 그런 뉴스를 접하면 단지 '아, 오늘 그런 사건이 있었구나.'라고 순간적으로 생각하고는 곧바로 완료된다. 일말의 동정도 개입될 여지가 없다. 인간 생명에 대한 무게감이 땅바닥으로 떨어진 것이다.

'준비된 시체', '할복 입문', '자살 5분 완성', '할 수 있다 할복', '내세에 나를 보낸다. 실전 자살' 등의 제목으로 자살을 학습하는 방법에 관한 책을 쓴다면 출판 대국 일본에서는 베스트셀러가 가능하다. 오늘날 일본은 인간과 인간 사이의 윤활유 역할을 하는 정이 없어서 사회가 각박하다. 그 때문에 인간 사이에 단절이 생기고 또다시 사회적 공백이 생긴다. 그래서 지금 일본은 공백기이다. 인간과 인간 사이의 공백과 동시에 신세계로의 지향과 신세계로의 지양 사이의 공백이다.

어제 일본은 후지산의 정상에 섰다. 그리고
오늘 더 높은 정상을 향하여 하산하려 한다.

　그런데 새벽 안개 때문에 도
무지 앞이 보이지 않는다.
　안개는 플래시로도 극복이 불가능
하다.
　안개는 후지산에만 있는 게 아니다.
　백두산에도 있다.
　하지만 아직 안개가 보이
지 않는다.
　한국인은 아직 정상에
서지 않았기 때문에 더 높은 정상을 향한
새로운 지향이나 새로운 날
　다시 말해 새벽이 아직 오지 않았기 때문에
　대신 칠흑 같은 어둠이 한국인의 시야를 흩트리고 있다.
　일본인은 플래시를 켜고 어둠을 극복히여 정상에 섰다.
　그대에게 묻고 싶다.
　과연 한국인에게도 어둠을 비춰 줄 플래시가 있는가?

$4 앞서 가고픈 그대

정치

007 Never Die

 1997년 9월, 일본의 하시모토 전 수상과 중국의 강택민 주석이 북경에서 수뇌회담을 가졌다. 하시모토 전 수상은 나흘간 중국에 있었는데 그 사이에 다이애나 영국 왕세자 빈의 장례가 거행되는 바람에 수뇌회담은 별로 관심을 끌지 못했다. 하지만 하시모토 전 수상이 관심을 끌지 못한 이유가 오로지 다이애나의 장례식 때문이었을까? 아니다. 혹시 다이애나는 이 상황을 하늘 나라에서 지켜보며 이렇게 생각하고 있지는 않았을까?

'하시모토 수상이 관심을 끌지 못한 이유는 내 장례식 때문이 아니라 일본이 007, 즉 2007년쯤이 되면 중국에 비해 사실 뭣도(하시모토) 아닌 국가가 될 것이기 때문이야.'

그렇다. 하시모토 전 수상이 중국에서의 수뇌회담으로 관심을 끌지 못한 이유는 일본이 2007년쯤이 되면 '중국에 비해 상대적으로' 사실 뭣도 아닌 국가가 될 것이기 때문이다. 아니 좀더 정확히 말해서 일본이 앞으로 중국에 비해 사실 뭣도 아닌 국가가 될 것을 예상하고 하시모토 전 수상이 회담에서 일본측의 주체적 의견은 털끝만큼도 내세우지 못하고 오직 중국의 비위를 맞추는 데만 급급했기 때문에 하시모토 전 수상의 회담이 관심을 끌지 못한 것이다. 실제로 회담 문제인 '미일방위협력을 위한 지침'의 수정 문제도 하시모토 전 수상은 단지 "특정 지역을 상정한 것은 아니다."라고 말하며 중국측에 설명하는 데 급급했고 수정이 끝난 다음에는 중국측에 설명을 하겠다고 약속까지 했다.

대만(臺灣) 문제에 관해서는 "일본은 대만이 중국 영토의 불가분한 일부라고 하는 중국 정부의 입장을 이해하고 존중해 왔다. 두 개의 중국이나 대만 독립을 지지하는 일은 앞으로도 있을 수 없다."고 말함으로써 중국이 기대하던 답변을 저버리지 않았다. 그리고 "대만 문제는 당사자간의 대화를 통해 평화적인 해결을 지향하기를 기대한다."고 눈치를 보며 겨우 덧붙이는 것이 고작이었다. 또한 중국이 심심하면 외치는 역사인식의 문제도 하시모토 전 수상은 "깊은 반성과 마음으로부터의 사과를 표명한 무라야마 전 수상의 담화가 일본 정부의 공식 입장이다."라고 확인했다. 뿐만 아니라 그는 일본 수상으로서는 처음으로 유조호의 '9·18 기념관'을 방문했다. 그때의 중국 기자와의 인터뷰는 대략 이렇다.

중국 기자 : 이 하마가 사실 조또 수상해(안녕하세요 하시모토 수상) 18 기분 어떠해?(시방 기분 어떠세요?)

하시모토 : 과거 역사의 무게를 감내하려니 사실 조또 무거워.

하시모토 전 수상은 당시 수뇌회담에서 중·일간의 일체의 파란을 일으키지 않은 것으로써 자신의 중국 방문을 만족해 했다. 중국측도 하시모토 전 수상의 저자세를 좋게 평가했으며 강택민 주석은 이렇게 말했다.

강택민 : 하긴 조또 수상해(하시모토 수상), 당신의 저자세가 대머리 헤어스타일 국민의('중'국인의) 사타구니에(몸의 중앙에 즉 마음에) 사타르시스?를 느끼게 했어해(감정을 풀어 주었습니다).

하시모토 전 수상은 일본 수상으로는 처음으로 유조호의 '9 · 18기념관'을 방문하기도 했는데, 강택민 주석은 또한 하시모토 전 수상을 배려해서 유조호 기념관의 전시도 평소의 인형을 사용한 강렬한 것들을 사진 패널로 바꿔 전시하기도 했다.

007 Never Die＝중화제국 부활

007 즉 2007년쯤, 중국이 현재의 속도로 성장을 계속한다면, 일본과 중국간의 경제력의 역전현상은 불가결하게 되고, 세계의 경제대국으로 주목받던 일본은 과격한 표현을 빌리자면 '중국에게 빌붙어' 살아야만 연명할 처지가 되기 때문에 지금부터 일본은 중국의 눈치를 살피는 것이다.

유럽이나 미국의 선진국들이 중국 경제에 조금이라도 더 얼굴을 내밀려고 정력을 기울이고 있는데, 앞으로 어쩌면 사실 뭣도 아닐 일본이 중국에 대해 강경자세를 취한다면, 그것은 마치 밥먹여 주는 주인을 물어뜯는 개의 행동에 비유될 만큼 '무모한' 태도라고 할 수 있다. 그래서 당시 수뇌회담에서 북경을 찾은 하시모토 전 수상이 일본 수상으로서는 처음으로 유조호의 '9 · 18기념관'까지 방문했고 역사인식 문제에서도 "깊은 반성과 마음으로부터의 사과를 표명한 무라야마 전 수상의 담화가 일본 정부의 공식 입장"이라고 말했던 것이다. 하시모토 전 수상은 회담의 처음부터 끝까지 일본의 주체적 의견이라고는 털끝만큼도 없이 중국의 비위를 맞추는 데만 최선을 다했다.

하시모토 전 수상은 회담이 끝난 뒤 목욕탕에 가서 이런 말을 했다는 게 후문이다(?).

하시모토 : 내거시기보라니까. 내거시기가사시미 이빠이 짜가서(내 거시기가 사실 매우 작아서) 거시기토루 뽀빠이 마나(거시기 털은 뽀빠이처럼 많아서) 무모(無毛)한행동안한다니까(무모한 행동은 안해).

바야흐로 21세기에 중화제국(中華帝國)은 새롭게 탄생할 것인가. 예전에 제2차 세계대전 후 모택동이 중국에 출현했을 때 재패니스(Japanese)들은 중국이 정체를 벗어나 자기 조국 일본은 물론이고 유럽을 제치고 세계 제일이 될 것이라고 예상했지만 중국은 계속해서 정체되어 있었다. 그러다가 등소평의 개혁·개방 노선을 타고 중국의 경제는 급성장했다. 이와 더불어 동아시아에서도 경제의 보더레스화와 함께 중화제국의 새로운 탄생이 예상되는 것은 자명한 이치다.

중국은 70년대 말 개혁·개방 정책을 채택한 이후 비약적인 성장으로 세계의 이목을 끌고 있다. 지난 20년에 걸쳐 중국의 1인당 GDP는 4배 이상 증가했고 1997년의 홍콩 반환과 등소평 사망이라는 커다란 사건에도 불구하고 중국은 정치적, 사회적 안정을 잃지 않고 고속 경제 성장을 하고 있다.

1997년의 월스트리트 저널은 '중국 경제의 규모가 21세기 초반이면 세계 최대의 경제 대국이 될 것이다(Wall Street Journal, March

20 1997).'라는 전망을 하고 있다. 중국은 1978~1995년 사이의 GDP 대비 35% 이상의 높은 저축률을 나타내어 경제 성장 과정에서 필요한 자본의 상당 부분을 국내에서 충당할 수도 있었다.

물론 지역간, 계층간의 소득 격차의 심화나 12억 이상의 인구를 가진 중국의 고속 성장 과정에서 석유 에너지 수요를 자체적으로 충족시키지 못하게 됨에 따라 세계 에너지 확보의 문제, 동시에 안정적 식량 확보의 문제, 환경오염의 심화, 더 나아가서는 기존의 점진적 개혁 방식의 한계(J. Sachs and W. Woo, "Structural Factors in the Economic Reforms of China, Eastern Europe and the Former Soviet Union", Economic Policy, April 1994) 등의 각종 부작용 및 종교간 갈등이 예상되므로 '007 Never Die=중화제국 부활'은 물론이고 중국에 대한 구체적인 장기 전망을 섣불리 할 수는 없다. 그럼에도 불구하고, 중국이 앞으로 개혁과 동시에 안정을 지속적으로 하고 국유기업과 국유은행을 개혁한다면, 그리고 생산 활동에 껄떡거리던 과거 정부가 시장경제에 맞는 여건만 마련해 주는 미래지향적 정부로 전환된다면 중국의 미래는 적어도 '어둡지만은 않다'고 장담한다. 그래서 난 자신있게 외친다. '007 Never Die=중화제국 부활'이라고.

이러한 상황 속에서 일본은 근대국가로서의 찬란했던 현재를 접고 '중국에 빌어먹을 일본, 중국에 기생해야만 하는 일본'으로 전락하는 게 아닌가 하는 의문은 거의 현실적이다. 물론 일본이 기생국으로 전락한다는 것은 중국이 현재의 페이스로 경제 성장을 하고, 정치 개혁을 추진하며, 북경 정부는 제 살을 깎는 아픔을 쾌감으로 여기며 공산당 독재를 의미하는 사회, 경제에 대한 국가의 통제를 깎아 내는 것을 전제한다.

다시 말해서 북경 정부는 군살보다도 더 쓸모 없는 자신의 권력을 살까기(북조선의 다이어트) 해야만 고르바초프의 빗나간 전철을 밟는 것을 피할 수 있다. 이처럼 중국이 정치적으로 자세를 낮추고 대만 문제에서도 연합방식을 취해 홍콩에 이어 대만을 끌어들이고 연방시스템으로 통합하면 '중화제국의 새로운 재탄생'은 시간 문제다.

즉 007 Never Die＝중화제국 부활

그때쯤 일본은 어떻게 될까? 일본은 세계 제일의 꽃밭이 되어 있을 것이다. 그 꽃은 다름 아닌 할미꽃, 호박꽃이다. 일본은 스웨덴을 꺾고 세계 제일의 노령화 사회로 변할 것이고 행정의 부실로 인한 연금, 보험료 과다 부담으로 인해 일본의 저축률은 영삼이(0.3%)보다 낮은 0%에 가까워질 것이라고 한다. 그렇게 되면 일본의 분위기는 불암최나 일용엄마로 대표되는 MBC 장수 프로그램 '전원일기'처럼 생산력 있는 젊은이들은 일본을 떠나고 흰머리 군단만이 활력을 잃고 중화제국의 화이(華夷)질서 속에서 빌어먹게 되는 것은 아닐까?

도대체 중화제국의 화이질서 속에서 한국은 안녕하시렵니까? 마시렵니까?

안녕하시고 싶으시다구요? 꼭 안녕하시고 싶으시다면……

방법은 한국이 중국과 '정치적으로' 동시에 '안보상으로' 서로간의 갭을 최소화시키는 것이다. 한국은 중국과 사상이 다르다. 서로간의 정치제도가 다르므로……. 그럼에도 불구하고 한국은 '지리적인' 이점 때문에 한·중 양국의 경제적 관계가 고속발전을 거둘 수 있었고 그래서 한국은 홍콩과 대만을 제외하면 중국과 제3의 무역국임과 동시에 투자에 있어서도 제5위를 랭크할 수 있었다.

물론 이러한 수치는 고무적인 것이지만 한·중 양국은 가장 중요한 '사상'이 다르기 때문에 위의 수치에 안도하기에는 위험부담이 많다. 중국은 아직까지도 냉전의 후유증을 깨끗이 씻지 못하고 있다. 지리적으로 가까운 것이 비약적인 경제적 발전을 가져왔지만 동시에 지리적으로 가깝기 때문에 정치적으로 대립이 생기면 그것의 파급 효과도 클 수밖에 없다. 그럼 이제 한·중 양국의 안보면을 살펴보자.

중국은 외자 도입이 경제 성장을 이끌고 있는 대외의존형 경제 구조이기 때문에 주변의 안정, 특히 한반도의 안정(분단의 유지)이 무엇보다 중요하다. 이 때문에 한반도의 안정에 특별한 관심을 가지고 있다. 만약 북한이 전쟁을 일으키면 중국은 국가적으로 최우선시하는 경제 발전에 막대한 지장을 받을 것이다. 그래서 중국이 북한의 반대를 무릅쓰고 한국과 국교수립을 한 것이다. 1995년 11월 강택민 주석이 방한했을 때 이렇게 말했다.

"한반도에서의 아랑드롱(핵무기) X대 보유, 미·북간 평화체제 구축을 결사 반대해. 하지만 남북간의 평화체제구축을 위해서라면 지원도 마다 안해."

강택민 주석은 북한이 미국에 접근하는 것을 반대한다는 것을 알 수 있다. 한마디로 강택민의 속마음은 이런 것이다.

'역시 피는 못 속여. 지 애비가 중·소분쟁 때 모스코 카드로 중국을 괴롭히더니 이제는 워싱턴 카드로 이 강택민을 괴롭히려구 해? 어림없다. 두 번 다시 너희 '부자(父子) 사기단'에 놀아나지 않겠어. 한낱 졸개(김정일) 녀석이 어디서 감히 보스인 이 강택민 허락도 없이 단독 플레이를 하려구 말이야. 그래도 지 애비는 살아 생전에 중국을 자주 기웃거리기라도 했는데 저 위아래도 없는 녀석은 1983년에 비공식적으로 방문한 이후 아예 꼬락서니를 감춰버리구 말이야. 혹시 저 호로 막강한 자식이 내가 녀석의 집권에 불만이 있다는 것을 눈치챈 걸까?'

1995년 방한해서 했던 말에서 알 수 있듯이 강택민은 정책적으로는 북한을 업신여기지만 어쩔 수 없이 북한에 대한 지원을 아끼지 않고 있는 것이다. 북한이 중국의 동북부 변경에서의 완충 역할을 하기 때문이다. 그래서 1998년도 중국의 대외 원조의 50%가 북으로 갔다. 한국은 중국과 미국의 대립 속에서 노른자위의 위치에 놓여 있으며 이러한 사실은 동북아 지역의 대립이 해소되었을 때 '절대적인 변화'와 동시에 '절대적인 의미'를 가지게 될 것이다. 따라서 한국은 이러한 상황을 십분 활용하기 위해 최대한 중국을 이용해야 한다. 어떻게 이용할까? 그야 물론 동북 아시아 지역의 안정에 기여할 수 있도록 하는 그 어떤 것이라도 좋다.

文化

X

신세대들의 속어 중에 X밥이란 말이 있는데 여기서 X밥은 상대가 X도 아니라서 무시해도 좋다는 말이다. 사람들은 X밥이라고 여겨지는 상대의 언행은 무시하는 경향이 있다. 국가 관계에서는 더욱 그렇다. 그래서 어떤 나라는 냉전이 붕괴된 후 세계로부터 언제나처럼 묵살의 대상으로서의 역할을 도맡아 왔다(그 어떤 나라가 아마 X도민국이라지?). 한국 문화나 한국인 또는 한국의 기본적 사회 구조에 대한 연구는 존재하나 미흡하다. 반면 일본에 관한 연구 즉, 일본론은 세계 제일을 관심을 끌었다. 이는 외국인들이 보기에 일본이라는 나라가 X도 아닌 게 아니기 때문이기도 하겠지만 무엇보다도 일본인 스스로 자기 나라에 대한 애착을 가지고 지대한 관심을 가져왔기에 가능했다.

그토록 쌈빡한 과거를 자랑하던 일본론이 이제는 X밥인지 아닌지를 의심해야 하다니……. 우선 그것을 판단하기에 앞서 일본론의 찬란했던 역사를 살펴보는 것이 어떨까?

혹시 <구카와 칼>이란 제목을 '들어 본' 경험이 있는가? 그건 책의 제목인데 그 책을 보지는 않았더라도 들어 본 경험이 있는 사람은 많을 것이다. 그만큼 유명한 책이다. 물론 책을 본 적이 있다면 제목이 <구카와 칼>이 아니라 <국화와 칼>이란 것을 알 것이다. 이 책은 비교문화론적 시각으로 일본 문화를 하나의 문화적 유형으로 제시한 책이라고 할 수 있다. 이 책의 저자 베네딕트는 이렇게 말했다. "일본인들은 전쟁에서 진 후 일본의 전통문화를 'X도문화'라고 여기고 오로지 서구식의 민주주의와 합리주의만이 일본의 앞날을 밝게 할 것이라고 생각했다."

일본인들이 자신들의 전통문화를 X도문화라고 여겼던 것도 무리는 아니라고 생각한다. 생각해 보라. 지 아비가 싸울아비(사무라이)였다면 게다가 봉건주의의 찌꺼기 혹은 유교적 가족 제도로 인하여 지 아비의 말 한마디에 "오메, 기죽어." 해야 하다 보니 개인의 권리가 X밥으로 전락하지 아니할 수 없기 때문에 일본이 근대국가로 나아가기 위해서는 자신들의 전통문화를 X도문화라고 여기고 부정할 수밖에 없었을 것이다.

그러다가 시간이 흐른 후 일본인들은 자신들의 문화가 X도 아닌 게 아닌 거라며 긍정하기 시작했는데 그 시기가 1960~80년대다. 그 이유는 간단하다. 그 시기에 일본이 잘나갔기 때문이다. 경제적으로는 성공하고 정치적으로는 안정되다 보니 일본인들도 자기 문화의 정체성을 긍정적으로 보게 된 것이다.

이 시기에 흥미로운 것은 미국의 일본론에 대한 침 흘리기 즉, 입맛 다시기였다. 미국에서는 성공 가도를 달리는 일본을 보며 뭐 하나 배울 것이 없을까 하고 껄떡거리면서 일본의 기업 조직이나 노사 관계 심지어 특이한 일본의 관료제까지 극찬을 아끼지 않았다. 그러다가 시간은 또다시 흐르고 이제는 반대로 일본론이 X밥이 아닌가 하고 의심을 가질 만큼 전락하는 시기가 오는데 그 시기가 바로 1980년대 후반이다. 결국 일본의 혁명이 한계에 다다른 것이다. 그런데 이 시기에 동작이 느렸던 일부 미국인들은 그때까지도 일본론에 대한 미련을 버리지 못하고 뭐라도 하나 배우려고 일본의 기업 경영을 보면서 계속 침을 흘리니까 지나가던 개가 이렇게 생각하지 않았을까?

'멍멍 왈왈 으르렁 깨갱 깽깽(야, 큰 코, 코 크다고 냄새 더 잘 맡는 건 아니라는 말이 맞긴 맞는 모양이구나. 코 큰 네가 나보다 더 분위기 파악을 못하는 것을 보면 말이야. 그러니까 침 닦아 임마, 일본론은 이제 X밥이 확실해. 날샜다구, 그리고 의리 없이 네 입에 묻은 침만 닦지 말고 클린턴 지퍼 속에 묻은 침도 닦아 줘라).

아니나 다를까, 그 개의 말에 신뢰를 더해 주는 사건이 잇따라 터졌다. 1992년에는 일본의 경제 구조가 뿌리부터 X도 아니라는 것을 증명이라도 하듯 엄청난 금융 위기가 찾아왔고 동시에 정치 쪽에서도 정당들의 이합집산이다 뭐다 해서 정치적 위기가 닥쳐 왔다. 상황이 여기까지 치닫자 미국에서는 과거 수년간 흘리던 침을 수

습하고 이제는 손가락
질을 하기 시작했다.
일본의 정치 제도는 불
투명하다느니 경제제도
는 비효율적이라느니 정
치제도는 공동운명체적 정
서로 인하여 체제 은폐적이라
느니 참 말들이 많았다. 그러다
보니 한국에서도 이렇게 말한다. 무역
관계에서 상호성의 원칙을 따르지 않고 국제
사회에서도 리더십이 부족하다고 말이다. 이런 일련의 것이 바로
요즘의 세계적인 추세인 '일본비판론', 즉 '일본X밥론'이다. 이 순
간 나의 지적 호기심은 자꾸 묻는다.

'일본 X밥론의 끝은 어디일까?'

'일본은 지금 어디에 서 있을까?'

'우리는 오늘 어디에 서 있을까?'

1970년대의 오일 쇼크를 가볍게 뛰어넘고 1980년대의 엔고를 극
복한 일본의 효율적이라고 평가받던 정치 경제 시스템은 국제 경
쟁력의 약화와 거품 경제의 붕괴 등 잇따른 폐단으로 인하여 효율
성을 의심받게 되었고 수년 전까지 긍정적 일본론을 외치던 사람
들이 모조리 부정적 일본론, 즉 일본X밥론을 외치고 있다.

1991년 첫 선을 보인 일본 경제의 슬럼프는 눌러앉은 지 이미
오래이며 설상가상으로 일본 정치 경제 시스템의 자랑으로 평가받
던 정(政)·관(官)·업(業)의 정책 결정 과정이 X도 아니라는 평가

까지 부각되고 있어서 일본 정치 경제 시스템의 수정이 불가피한 실정이다. 현재 일본X밥론의 향방은 세 가지로 나눌 수 있다.

첫째는 지금까지의 통제 지향을 고수하는 일본식의 관리 체제를 유지하는 것이고, 두 번째는 미국식의 시장경제를 확산해서 자유주의적 경쟁을 하자는 것이며, 마지막으로 대두되는 논의는 첫 번째와 두 번째를 북경반점으로 모셔서 짬뽕 국물에 섞어 버리자는 의견이다. 물론 짬뽕을 만들려는 세력은 두 부류가 있는데 그중의 하나는 개방화를 추구하는 미국이며, 다른 한쪽은 시장 변화에 부응한 기업이다.

과연 일본은 이같은 역사적 전환점에서 어디로 나아갈 것인가? 통제라는 이름의 일본적인 것을 지킬 것인가, 아니면 시장의 논리에 반응할 것인가. 그것도 저것도 아니면 보수주의자와 개발주의자를 북경반점으로 끌고 가서 짬뽕 국물에 말아 버릴까? 아무도 몰라. 며느리도 몰라. 클린턴은…….

솔직히 한국은 없지 않다

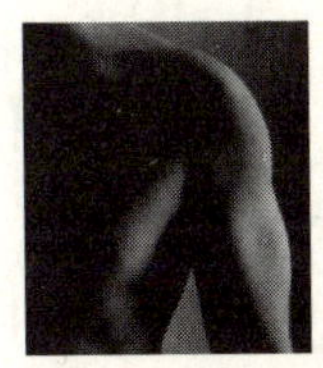 멈출 수 없는 항해는 시작되었다. 세계화의 물결 속에서 한국의 미래는 어떤 것일까? 우선 한국의 장점부터 살펴보자. 한국은 카멜레온처럼 환경의 변화에 재빨리 적응하여 생존해 올 수 있었다. 일찍이 수입대체정책을 수출주도형으로 전환하여 선진국의 경제와 무역을 재빨리 취해 왔다. 또한 한국은 전요소생산성(1인당 GDP 증가를 자본, 노동에 투입한 부분과 그 이외의 부분으로 구분했을 때 후자를 말한다)이 점점 높아져 현재는 선진국 경제의 전요소생산성에 비해 결코 뒤지지 않는다.

한국은 지금 일본 경제의 성장 흐름처럼 성숙한 선진국형으로 이행해 가는 과도기에 있으며 이러한 흐름은 아주 자연스러운 것이다. 이 흐름에는 한국을 포함한 NIES(한국, 대만, 홍콩, 싱가포르)가 동참하고 있고 이어서 인도나 중국이 뒤를 쫓고 있다. 그렇다면 한국의 미래는 그냥 탄탄대로일까? 그렇지 않다. 오히려 한국은 벌써부터 통화 부족은 물론이고 금융 시장의 인프라스트럭처가 부실

해서 쓴맛을 보고 있지 않은가.

이제 한국은 '열린 경제'를 추구해야만 한다. 여기서 열린 경제란 세계 경제의 자유화에 적극적으로 동참하여 열린 경제 체제를 펼치자는 의미이다. 그렇지 않고 보호주의니 뭐니 따위를 해나간다면 한국은 없다. 한국은 어떻게 해서든 선진국 경제와의 무역을 확대하고 OECD 가맹국으로부터 투자를 받아들여야 한다.

1999년 2월에 매스컴에서 방영되었던 '김대중 대통령 국민과의 대화'에서 H대 학생이 "요즘 한국이 해외로부터 투자를 너무 많이 받아들이는데 그 때문에 한국이 외국에게 종속당하게 되지는 않습니까?"라며 시대 역행적인 질문을 하는 것을 보고 놀란 적이 있다. 그때 대통령은 외국인이 63빌딩 산다고 해서 63빌딩을 자기네 나라로 가지고 갈 수는 없지 않느냐며 어느 나라 사람이 투자를 하든 한국에 투자되는 것은 한국의 것이라는 식으로 설명했다. 따라서 앞으로는 그런 우려를 하는 국민이 없었으면 좋겠다.

이제는 외국인이 투자를 하면 "오메, 어째야쓰까." 대신에 텔레토비처럼 "아이 좋아, 아이 좋아."라고 외쳐야 한다. 왜냐하면 외국에서 투자를 해야 고용창출도 원활히 되고 그래야 집집마다 혹시 기식하고 있을지 모를 백수나 백조를 일터로 배웅할 수 있을 테니까 말이다.

재작년 세계의 무역은 세계의 GDP의 3배 속도로 확대되었다. 그리고 그것의 주역은 바로 아샤다. 아시아! 아시아는 앞으로도 세계화의 과정에서 무역과 투자의 혜택을 가장 많이 누릴 지역이다. 그렇다면 한국은 이같은 절호의 기회를 어떻게 잡아야 할까?

우선 한국은 선진국과의 깊은 연대를 바탕으로 경제자율화, 규제완화, 시장경제화, 민영화, 산업 구조의 고도화를 목숨을 걸고 지향해야 한다. 그렇지 않으면 목숨이 위태로운 것이다. 그렇게만 한다면 한국은 21세기에 OECD 경제와의 GDP 격차를 대폭 줄일 수 있을 것이다. 이제 앞으로 중요한 것은 눈치껏 행동하기이다. 세계 경제가 어느 방향으로 흐르는지를 잘 살펴서 그 방향에 편승해야 최대로 한국의 부가가치를 높일 수 있다.

성공한다는 것은 앞으로 어느 쪽으로 뛸 것인지를 정확히 예측할 때만이 찾아온다. 그런 의미에서 세계화의 흐름 속에서 세계 경제가 어떻게 변하게 될지를 살펴보자.

세계화의 흐름 속에서 재미를 보는 쪽은 OECD보다는 중국이나 인도 같은 인구 대국의 나라와 NIES 등이다(그렇다고 중국, 인도가 단지 인구 대국이기 때문만은 아니므로 애새끼를 많이 만들려고 '밤낮 없이' 주경야섹스로 일하면 되지 않느냐고 말하는 아프리카 사하라 이남의 사람들이 있으면 비웃지 마시고 부드러운 말투로 알아듣기 쉽게 타일러 드리자. 그쪽 동네 사람들은 개발도상국 축에도 못 들어서 세계화의 흐름 속에서 아무런 혜택도 받지 못해 서러울 텐데 '비전 있는' 한국 국민들이 그들을 보고 비웃으면⋯⋯. 지금 아프리카 사하라 이남의 사람들은 빈곤과 열악한 환경으로 폐해가 심각하다. 비전 있는 여러분들의 도움의 손길을 간절히 바라고 있다. 물론 아프리카의 빈국들 중에서도 세계화의 흐름에 어떻게든 발 맞춰 가려고 자조 노력을 하는 나라도 있다. 그런 나라에서는 인프라스트럭처를 정비하고 해외 투자 유치를 위해 안간힘을 쓰고 있는 것이다).

지금 유럽 쪽에서는 노령화 문제로 골머리를 썩고 있고 OECD의 선진국들은 한국을 비롯한 NIES로 대표되는 영파워들의 도전에 다음과 같은 태도를 취하고 있다.

OECD : 그래, 많이 컸다. 어디 한 번 덤벼 봐라. 자고로 자식이란 부모를 이겼을 때 비로소 어른이 되는 거란다.

NIES : 뭐라구? 우리가 왜 너희 자식이니?

OECD : 왜냐하면 너희는 우리의 협조와 관심이 없으면 아프리카 사하라 이남의 국가처럼 고아가 되니까. 물론 부모처럼 맹목적인 협조는 아니지만.

NIES : 그건 어디까지나 쌍무적인 상거래야.

OECD : 아아, 그래서 우리가 얻은 이익은 자식이 부모에게 주는 기쁨에 비유할 수도 있고..

NIES : 자식이란 표현이 싫긴 하지만 자식 이기는 부모는 없다지?

미국 : 예외는 있어. 우리는 지금까지 일본과 독일의 도전을 성공적으로 이끌었으니 이제 NIES와 3차 방어전을 갖게 되었구나.

NIES : 경기를 시작하기 전에 우선 복장 점검부터 해야 될 것 같아. 미국의 짱, 지퍼는 올렸니?

홀린털 : 보면 모르니? 올렸잖아. 못 믿겠으면 내 지퍼 바로 앞에 얼굴을 대고 확인해 봐. 물론 여자만.

NIES : 지퍼를 올렸으면 뭐해. 언제 또다시 내려갈지 모르는데.

홀린털 : 하느님, 왜 저를 결손가정에서 태어나게 하셔서 그로 인한 정신적 피해로 제가 섹스 중독증에 걸리도록 만드셨나요? 왜 저는 모니카 느끼스키처럼 느끼하게 생긴 여자를 볼 때마다 제 털이 흘려야 된단 말입니까? 왜요? 왜? 흑흑흑.

NIES : (캐럴송 합창) 울면 안돼. 울면 안돼. 산타 할아버지는 우는 아이에게 '정력'을 안 주신대.

홀린털 : 난 울어도 내일 아침이면 탱탱할 테니까 걱정 마. 못 믿겠으면 느끼스키한테 가서 물어 봐.

1998년 2월 25일 김영삼 전 대통령과 배턴 터치한 김대중 대통령에 대한 한국 국민들의 기대는 크다. 그것은 바로 경제 재건에 대한 기대감이다. 많은 경제전문가들은 한국 경제는 아직도 더 악화될 여지가 있으며 회복하려면 3년에서 5년은 걸릴 것이라는 예견을 하기도 했다. 물론 한국 경제를 둘러싼 상황이 복잡하게 마구 얽혔다는 것은 인정하지만 그럼에도 한국 경제를 풀 수 있는 실마리는 있다. 그것은 바로 한국인이다. 좀더 구체적으로 말하면 인적 자원이다.

미국의 내로라하는 대학에서 박사 과정을 밟고 있는 한국인 수는 아시아에서 중국 다음이다. 바로 이런 인재들이 21세기 한국의 주역이다. 그들은 미국식의 정치와 문화를 이해함은 물론이고 미국인의 사고방식도 이해할 수 있다. 비록 지금까지는 이런 인재들이 한국의 열악한 국력 때문에 좀처럼 빛을 보지 못하는 것이 사실이긴 하나, 그래도 한국의 인재들은 일본보다도 훨씬 미국과 친밀한 네트워크를 구축해 놓았다. 이것은 다시 말해서 지금이야말로 한국이 세계화할 수 있는 최상의 기회를 가진 것과 같다고 할 수 있다.

한국의 금융 위기는 한국 국민의 분노를 낳았고 한국 국민의 분노는 김대중 대통령을 낳았다. 이 순간 한국에게 힘이 되는 소리가 있다.

"한국, 절대 흔들리면 안돼!"

경제

세계화 속의 일본

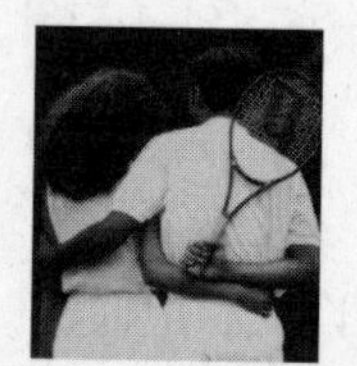 원래 부자들이란 변화를 싫어해서 선진국 그룹의 부자클럽으로 통하는 OECD 역시 극히 보수적이다. 하지만 지금이 어떤 시대인가. 바로 세계화 시대이다. 그래서 OECD라 할지라도 세계화의 흐름 속에서 새로운 정체성을 찾으려고 밤잠을 설치고 있다. 이처럼 OECD를 과도기의 상태로 몰고 간 세계화란 것이 도대체 어떤 것인가. 세계화란 말은 어제오늘의 이야기가 아니다. 세계화는 제2차 세계대전 후부터 시작된 것이다. 그러다가 베를린 장벽이 무너진 사건을 계기로 세계화는 본격화되었다. 그렇다면 세계화의 흐름 속에서 일본은 어떻게 될까?

결론부터 말하자면 오리무중이다. 확률로 표현하는 것이 우스운 표현일지 모르지만 51%는 부정적이고 49%는 긍정적이라고 할 수 있다. 그 이유는 다음과 같다.

일본은 지금까지 종신고용제라는 것 덕택으로 OECD 가맹국 중에서 가장 낮은 실업률을 고수할 수 있었는데, 일본 기업이 세계화

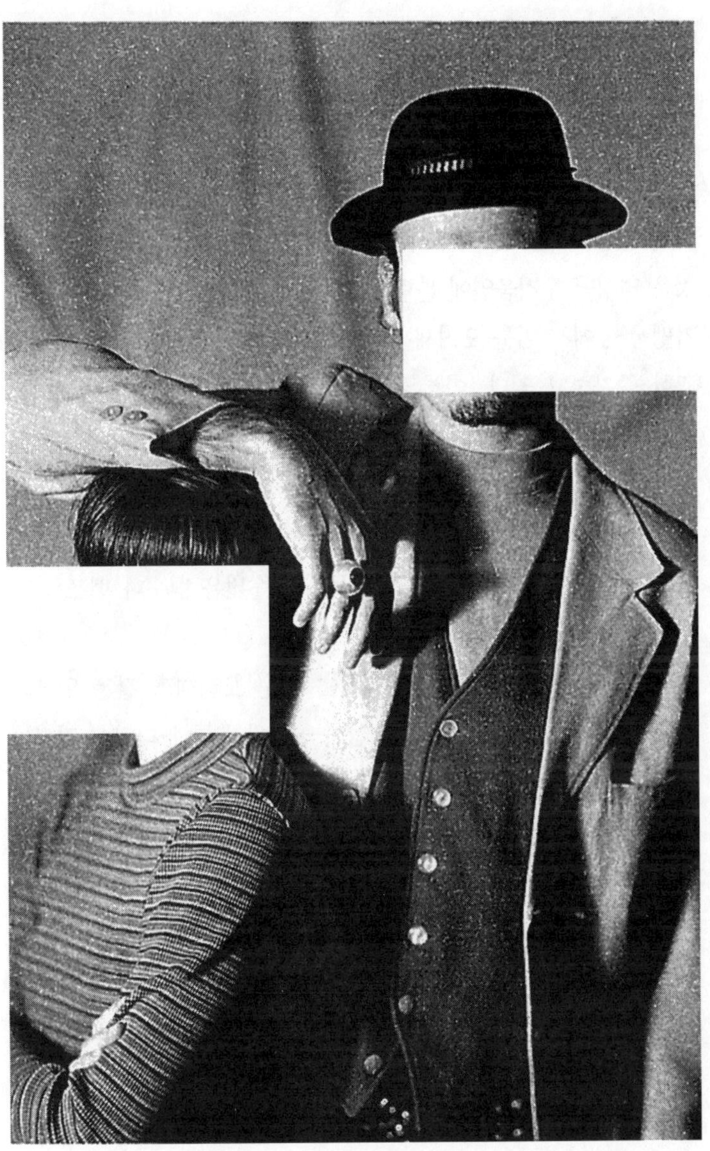

제조업에 종사하는 일본녀를 제압하려는 뺑코.

의 흐름 속에서 생존하기 위해서는 종신고용제를 버리고 노동시장의 탄력화를 꾀해야 한다. 이 과정에서 일본이 백수나 백조가 많기로 유명한 유럽 수준까지 실업률이 늘어날 가능성을 배제할 수 없다. 실업자 문제가 현재 선진국 경제가 직면한 최대의 과제라는 점에서 일본이 앞으로 백수나 백조를 대량 생산할 가능성이 있다는 것은 엄청난 두려움임에 틀림없다. 이뿐만이 아니다. 일본은 OECD 가맹국 중에서 미운 오리새끼처럼 유일하게 제조업의 비중이 크고 또한 증가하고 있다. 이것은 OECD가 요구하는 표준과는 거리가 상당히 멀다. 그도 그럴 것이 지금까지 OECD에서는 서비스 부문이 제조업 부문보다 고용면에서 수많은 백수, 백조를 구해내 왔으며 고용면에서뿐 아니라 서비스 무역이 제품무역을 압도해 왔기 때문이다. 특히 미국은 서비스 부문에서 수많은 백수나 백조를 구해낸 고용 창출의 좋은 예이다.

상황이 이렇다 보니 OECD에서는 미운 오리새끼 같은 일본의 제조업을 토막토막 잘라서 제조업의 공동화를 통해 다같이 잘사는 사회, 더불어 사는 사회를 구현하자고 일본에게 꼬리를 치지만 일본에서는 '미워도 다시 한 번'을 연신 외치며 제조업의 공동화에 지레 겁을 먹고 있다. 왜냐하면 외국의 눈에는 미운 오리새끼일지 모르지만 일본에서는 예쁜 오리새끼 같은 제조업 부문이니까. 그도 그럴 것이 제조업 분야 특히 도요타 같은 자동차 산업 분야에서는 우위를 보유한다는 것이 여러모로 이득이 되므로 예쁠 수밖에.

일본이 직면한 문제는 여기서 그치지 않는다. 세계화의 흐름에 따라 지금까지 일본인을 묶어 왔던 통제가 풀리면서 빈부 격차가 심해지다 보면 지금까지 유지되었던 일본인들의 하향(?)평준화된 가계부가 깨지기 마련이다. 국민의 절반 이상의 수준이 거의 엇비슷한 중산계층이었는데 갑작스런 변화에 일본인이 잘 적응할 수 있을지가 문제다. 여태껏 70% 이상의 일본인이 똑같이 개집처럼 작은 집에서 살다가 어느 날 이웃에서 경마장(?) 같은 저택으로 이사간다면 이웃들은 동요될 수밖에 없다. 그만큼 일본에서는 오직 '통제'만으로 '평등'을 고수해 왔다.

결국 일본인들은 지금까지 '평등'을 민주주의와 동격인 것으로 착각하는 어리석음을 범해 왔던 것에 불과하다. 그런 착각 때문에 가장 큰 피해를 본 것이 일본식 교육의 특징인 평준화 교육이다. 물론 한국도 마찬가지다. 이 부분에 대해서는 이 책의 '난 평준화를 증오한다'에서 자세히 다뤘다.

하지만 일본이 이같이 부정적인 면에만 직면한 것은 아니다. 일본에서 지금까지 강하게 통제해 오던 통신이나 유통 등의 통제를 완화한다면 일본의 1인당 GDP는 증가하게 될 것이다. 그렇게 되면 지금보다 경제 규모는 줄어들지라도 지금보다 훨씬 더 풍요로운 사회가 될 것이다. 또한 지금까지 일본이 석유 파동 등 수많은 난관을 잘 극복해 왔기 때문에 앞으로도 충분히 잘해 내리라는 기대를 가져볼 수 있다.

입장 바꿔 생각해 봐

 혹시 당신은 일본이 한국에 3류 기술을 배출함으로써 돈벌이를 했다고 생각하지는 않는가?

혹시 그대는 일본 기술 도입 건당 로열티가 너무 싸서 3류 기술만 양도하는 게 아닌가 하고 생각하지는 않는가?

하지만 입장을 바꿔 생각해 보라!

기술 거래는 어디까지나 장사이다. 한·일 기술 이전이나 경제 제휴는 누구의 강요에 의한 것이 아니라 쌍무적인 상거래이다. 일본인이 무책임하다고 생각하는가? 하지만 적어도 일에 관해서만큼은 철저한 사람들이다. 그리고 기술 도입 건당 로열티가 쌌던 것은 한국에 대한 기술 이전의 대부분이 합작 기업을 경유하기 때문에 일본 메이커는 로열티를 많이 받지 않아도 메리트가 있기 때문일 수도 있었을 것이다. 솔직히 기술의 정도를 지불한 로열티 금액으로 따진다는 것은 억지다. 1962년부터 1983년까지 한국의 기술 도입 건수 중 56%가 일본으로부터 이전된 것인데 이 시기야말로 한국 경제가 비약적으로 발전했던 시기이다. 일본이 한국의 발전과 무관하지만은 않을 것이다. 사실이 그렇지 않은가. 가까운 곳에 일본이라는 선진국이 있어서 수송비도 적게 들고 필요한 기술도 손쉽게 교환할 수 있지 않은가.

혹시 당신은 일본이 한국을 높이 평가해 줬으면 하는 바람을 가져본 적이 있지 않은가? 혹시 그대는 일본인들이 한국인들을 자신들보다 우월하다고 생각해 주시기를 바라신 적이 있는가?

그러셨다면 이것 한 가지는 잊지 말길 바란다.

우월감은 열등감의 또 다른 얼굴이라는 것을. 그런 식의 우월감에 피해망상이 섞여져서 일본만 거론되면 불필요하게 과민반응을 보이는 것 때문에 칙칙한 한·일관계는 계속되어 왔고 열등감에서 기인한 우월감이 사라지지 않으면 내일도 한·일관계는 칙칙할 것이다.

좋다. 내일도 이러한 칙칙한 한·일관계가 되더라도 이것 한 가지는 명심해야 할 것이다. 한국인 자신이 피해자 입장에서 영원히 안주할 수는 없다는 것을.

기억하는가? 약 10년 전에 한국에서 노태우 정권이 저지른 많고 많은 실수 중의 하나라고 할 수 있는 '수입선 다변화 정책'을. 그때 그 정책 때문에 일본으로부터의 수입이 강제로 금지되었지 않는가. 경제 문제는 어디까지나 시장경제 원리에 따라 결정해야 할 문제임에도 불구하고 말이다. 한국인은 일본만 개입되면 수지타산으로 판단할 문제까지도 핏대를 세우고 비이성적 행동을 한다. 그 결과 일본에서 수입하던 원자재를 일부러 구미에서 수입했지만 그게 말처럼 쉽겠는가? 여태껏 일본의 시스템에 편입되어 있던 한국 산업이 갑자기 구미로 전환한들 똑같은 규격의 원자재를 구하기란 쉬운 일이 아니다. 공교롭게도 한국은 수입선 다변화 정책을 실시한 전후를 기점으로, 그러니까 서울올림픽을 기점으로 정체되어 버렸다. 그 당시 한국은 물론 일본의 몇몇 경제학자들은 이렇게 말했다.

"한국은 서울올림픽의 여세를 몰아 한국 제품이 일본 시장을 곧바로 정복할 것이다."

하지만 그런 일은 일어나지 않았다. 우연인지 필연인지 노태우의 수입선 다변화 정책을 실시한 직후에 한국의 경제는 정체되었다. 왜 그랬을까? 그야 물론 노태우의 소신이 물렁물렁해서 국력이 약해져서라고? 맞다. 하지만 이유는 그것만이 아니다. 한국인이 너무 커지는 데만 집착하기 때문이다. 그렇다고 오해하지는 말길 바란다. 여기서 커진다는 것은 단지 겉치레를 의미할 뿐 한국인 전체가 홀린털리즘(섹스 중독주의)에 사로잡혔다는 뜻은 아니다. 한국인은 너무 겉으로의 팽창만을 중시해서 OEM(주문자 상표 부착 방식)에 만족하지 못하고 자사 브랜드로 판매하려는 이상에 사로잡혀 일본과의 OEM 계약까지 파기하는 게 다반사였다. 그런데 일개 부품 메이커가 하루아침에 완성품을 만들어 자사 브랜드를 만들려면 상당한 무리가 따르는 건 필연적이다. 문제는 이뿐만이 아니다. 소비자들이 생소한 브랜드를 좋아할 리 만무하다. 그런데도 자사 브랜드로 상품을 팔아 보겠다는 의욕에만 넘쳐 현실성을 망각한 결과를 초래했다.

한국인은 일본인을 비난하지만 막상 아쉬우면 일본에게 손을 벌린다. 어차피 일본의 도움이 필요하면 비난하지나 말지, 비난하면서 손을 내미는 것은 또 뭐란 말인가. 다음에 소개할 대화에서 진정한 의미의 '실리 외교'를 엿보기 바란다.

한국인 : Japanese penis nice(작은 고추 매워).

일본인 : 칭찬 고마워. 그런데 난 단소(短小) 콤플렉스가 있어.

한국인 : 넌 그게 매력이야. 넌 칭찬 받기만 하고 주기는 안하니?

일본인 : 너도 매워.

한국인 : 나도 알아. 한국은 매운 맛에 일가견이 있어. 한국 매운
탕 죽이잖아.

일본인 : 그게 정말이야? 당장 한국 매운탕 수입 계약하자.

시사

이제는 역사인식에서 시대인식으로

 당신에게 '개인적인' 질문을 해보고 싶다. '당신은 일본에 대한 역사인식이 끝났는가. 일본에 대한 역사인식 문제가 어떻게 개인적인 문제냐고 반문하고 싶은가? 그러면 그대에게는 역사인식이 국가적, 민족적 차원의 문제라고 생각하는가? 만약 그렇게 생각한다면 그 이유는 뭐라고 생각하는가? 또다시 민족적 감정을 내세울 것인가? 그렇다면 지금까지 한국과 한국인이 일본을 상대로 취해온 그 '민족적 감정'이란 것이 얼마나 한국과 한국인을 격하시켜 왔는지도 아는가?

한국은 여태껏 민족적 감정이라는 미명 아래 사죄와 배상을 요구하며 나라를 빼앗긴 풀릴 수 없는 문제와 몇푼어치도 안되는 싸구려 정부간 교섭으로 풀릴 수 있는 문제를 혼동하는 어리석음을 범했고 그로 말미암아 한국인을 격하시켰다. 동시에 지난 33년간 일본 문화만을 거부해 오면서 그로 인한 일본 베끼기는 일본 TV에서 '한국의 일본에 대한 짝사랑'이라는 말을 들을 정도로 일본 표

절이 횡행하고 있다.

한국은 천한 국가가 아니고 한국인은 천한 민족이 아니다. 그럼에도 불구하고 한국은 고결하기는커녕 한낱 싸구려에도 못 미치는 민족적 감정을 자존심을 지키는 것과 동일시하는 착각을 범해 왔고 그래서 '빗나간' 민족적 감정에 집착해 왔다. 이제 이런 집착에는 종지부를 찍어야 한다. 이것은 자존심을 버리자는 말이 아니라 빗나가지 않은 '진정한' 자존심을 찾자는 말이다.

그렇다면 진정한 자존심은 어떻게 해야 찾을 수 있을까? 해답은 현실에 있다. 현실을 직시하는 것이다. 즉, '시대인식'을 제대로 해야 한다는 말이다. 지금이 어떤 시대인가? 글로벌리즘이다. 혹자는 글로벌리즘을 국제화와 혼동하는데 실상은 전혀 다른 개념이다. 국제화는 어디까지나 국가의 존재를 전제한 개념인데 반해 글로벌리즘은 국가의 존재 가치가 무의미하다. 오직 다국적화된 기업의 글로벌한 활동과 인터넷을 중심으로 한 무한한 정보 교류만이 의미를 가질 수 있다.

우리는 이러한 글로벌리즘 시대에 살고 있는 것이다. 우리는 이러한 글로벌리즘 시대 이전에 아시아 개발도상국의 일원으로서 땅도 자원도 없었지만 효율성 있게 원자재를 수입하거나 또는 첨단 기술을 도입하여 제품을 생산하여 세계 시장을 공략했고 그러한 시스템은 큰 성과를 거두었다.

더 거슬러올라가서 그러한 시대 이전의 시대 즉, 제2차 세계대전 전의 시대에는 농업생산력이 가장 중요한 시대였고 그러한 시대에 일본은 땅에 대한 유혹을 버릴 수 없어서 한국을 식민지 지배했다.

여기서 이토록 진부한 시대 역사를 거론하는 데는 이유가 있다. 지금은 글로벌리즘 시대이고 옛날 옛적의 시대에 시작된 한일 양국의 역사인식은 끝나지 않았지만 적어도 그러한 역사인식이 시대인식에 필요한 현실 직시를 흐리게 해서는 안된다는 것이다.

시대인식>역사인식

여기까지가 안녕! 글로벌리즘이다. 이젠 좀더 구체적으로 한국과 일본에서의 글로벌리즘의 향방과 대처 방안을 살펴보도록 하자. 우선 한국은 국경의 벽을 허물어 글로벌리즘의 향기가 사회 구석구석까지 퍼질 수 있도록 하여 궁극적으로는 경쟁을 도입하고 경쟁력을 다져야 한다. 이런 식의 개방 시스템으로 경쟁력을 다져야만 새로운 부가가치를 창조할 수 있으므로 또한 한국은 경제의 활성화와 안보를 위해 정보전자 시스템에 관한 투자를 무지막지하게 해야 하며, 일본에서는 무엇보다도 인재의 유동성을 높이는 데 주력해야 한다.

메이지 시대의 일본은 다수의 고용 외국인들을 초빙하기도 하고 사회 전반적으로 인재의 활용이 유연했지만 지금은 그렇지 못한 실정이다. 앞으로는 인재의 유동성을 높여서 국제기관에 인재를 투입할 때 관에서만 양성한 인재를 투입할 게 아니라 민간 단체에서 육성한 인재도 투입해야 한다. 그것이 다국적 외교가 중요해지는 글로벌리즘 시대를 맞는 일본의 대처 방안이다.

자, 그럼 이제는 글로벌리즘 시대의 짱, 글로벌리즘 시대의 우두머리에 대해서 살펴보자. 우선 글로벌리즘 시대의 짱이 갖추어야 할 자격 조건부터 살펴보자. 첫째로 정보, 기술, 지식, 디자인, 금융 등 일련의 소프트웨어의 위력 즉, 소프트웨어의 파워가 막강해야

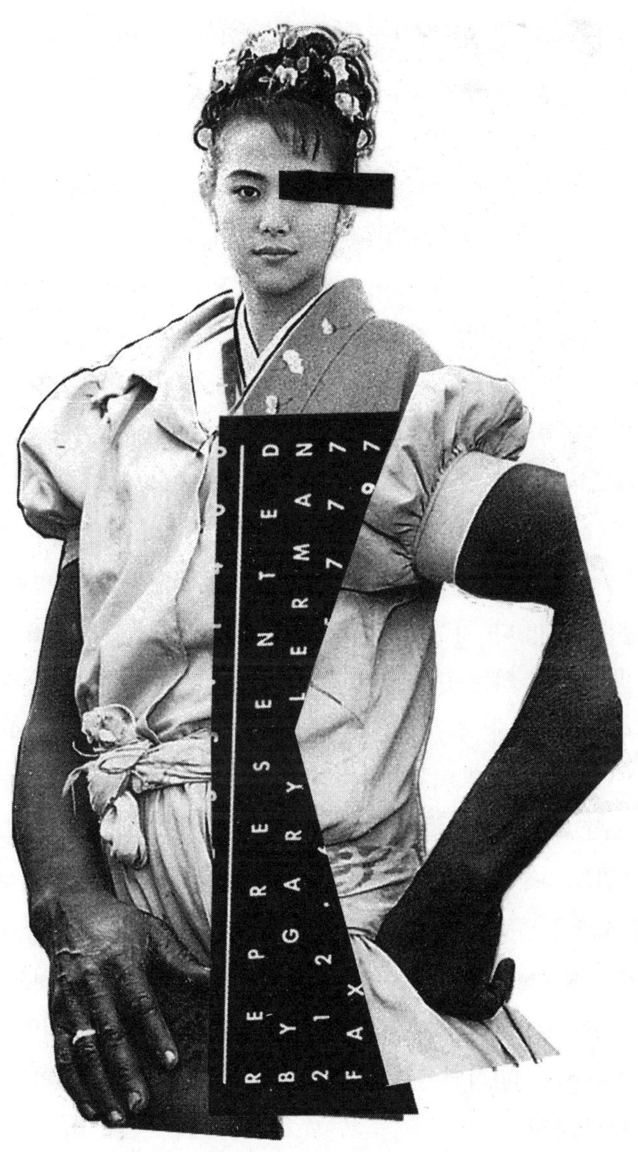

성 구분이 무의미하듯 이젠 국적도 무의미해요.

한다. 소프트웨어처럼 보이지 않는 부가가치를 가지고 해외 생산, 해외 직접 투자 등의 국경을 초월한 활동을 활발히 하여 궁극적으로는 새로운 경제력을 보유한 나라가 첫 번째 자격 조건이다.

첫 번째 자격 조건을 만족시키는 글로벌리즘 시대의 짱 후보는 여럿 있지만 가장 강력한 후보는 단연 미국이다. 인터넷만 보더라도 미국식의 정보 및 언어체계가 세계를 휘어잡고 있고 기업 회계 기준, 금융 시스템, 지적 소유권도 미국식의 룰을 따르고 있지 않은가. 여기서 미국식의 기업 경영, 금융시스템 지향에 앞장서는 곳이 바로 미국의 '회계사무소'이다. 미국의 대표적인 기업으로 피트 머빅은 세계에 약 8만 명의 고용원을 가지고 활동하고 있다. 흔히 생각하기를 회계사무소라고 하면 단순히 기업의 회계 업무만을 수행한다고 생각할 수 있는데 실상 미국 회계사무소의 영향력과 활동은 지대하다. 가령 한국처럼 금융 위기가 불어 닥쳐 IMF 체제를 받아들여야 하는 곳이 생기면 IMF의 정책 가이드라인을 받아서 일국의 재정까지 국제적인 기준에 따라 컨설팅해 주기까지 한다.

이처럼 미국은 글로벌리즘 시대의 짱이 되기 위한 첫째 조건인 소프트웨어의 막강한 힘을 가지고 있을 뿐 아니라 짱이 되기 위한 조건을 가장 완벽하게 가지고 있다. 미국은 소련 붕괴 후 독보적인 군사력을 가졌고 자원 보유량도 막대해서 최대의 에너지 소비국임에도 불구하고 석유 소비의 절반을 국내 생산으로 충당하고 있지 않은가. 뿐만 아니라 한국이나 일본을 비롯한 아시아 지역에서의 식생활이 서양화되어 가고 있어서 거대한 농업국 미국의 우위는 두드러진다.

마지막으로 미국의 글로벌한 공업 생산력을 들 수 있다, 1986년부터 10년간 누적된 미국의 해외 직접 투자는 3천600억 달러이고 미국이 받아들인 외국의 직접투자는 4천100억 달러인데 반해 같은 기간 일본의 해외 직접투자는 4천300달러이고 일본이 받아들인 직접투자는 겨우 300달러에 불과하다. 물론 공업 생산력 얘기가 나오면 숙였던 머리를 쳐들고 나오는 국가가 바로 중국인데, 중국은 이미 수년 전에 조강 생산량 9천400만 톤(1995년)으로 미국과 어깨를 겨뤘던 적도 있다. 하지만 누구나 알다시피 중국은 숙였다가 쳐들 '머리'가 없어서 글로벌리즘의 짱이 될 수 있는 첫째 조건에 위배된다. 여기서 머리는 소프트웨어를 의미하는데 중국에는 소프트웨어의 힘이 조루에 가까워서 중국에서는 소프트웨어라는 말조차 있을지 의심스럽다.

이제 끝으로 글로벌리즘 시대를 맞이한 한국인에게 메시지를 전한다.

To. 한국인

아무리 막으려 해도 막을 수 없는, 설사 YS처럼 정치적으로 비상식적인 특이한 내셔널리즘으로 막으려 해도 막을 수 없는 것이 글로벌리즘이다. 자국 산업 보호 시책을 쓰거나 외국 기업 또는 영화배우 신씨의 별명이었던 불법체류자나 노동자의 침입을 규제하는 것은 긴 안목으로 봤을 때 마이너스다(영화배우 신현준 씨, 죄송합니다. 너무 화나셨다면 법대로 하세요. 저는 X대로 할게요. 솔직히 한국현행법이 한국현행X 아닌가요?).

지적 호기심이 솟구칠 때

정치

USA as No. 1

일미대등(日美對等)?
어깨를 나란히 하는 동반자 일미?
태평양의 가교(架橋)?
천만에!

1996년 4월 클린턴은 일본을 방문했다. 그리고 '미일안보 공동선언'을 발표했다. 하지만 실상은 그렇지 않다. 그것은 미일안보 공동선언이 아니라 미국의 일본에 대한 '일방적인' 안보선언이었다. 즉, 미국은 일본에게 "우리 함께 이런 의제에 대해 토론해 보자."가 아니고 "헬로우, 미스터 숏다리. 우리가 내준 숙제(의제) 집에 가져가서 토의해 봐라. 알지?"식이었다.

따라서 일본인들은 착각하고 있다. 자신들의 문제는 자신들의 판단으로 해결한다고.

사실 지금껏 일본은 미국의 손아귀에 있었다. 미국은 일본이 패전했을 때 이렇게 생각했을 것이다.

"우리는 전쟁에서 진 너희 일본의 볼썽사나운 꼬락서니를 정리하기 위해 먼 걸음을 하신 점령군 장교 삼총사 머카트, 라웰, 휘트니이시다. 네 녀석들은 이제부터 아시아를 지배하려는 부질없는 착각으로 정력을 낭비해서는 안된다. 보아하니 숫다리라서 정력도 형편없을 것 같은데, 앞으로는 평화주의를 지향하고 정력주의를 지양해라. 우리는 너희를 위해서 혹은 너희를 우리의 그물에 가두기 위해서 앞으로 여러 가지 틀을 너희에게 부여할 것이다. 그중의 하나가 지금 너희에게 보여 줄 쉰헌법(신헌법)이다. 솔직히 생각 같아서는 너희 감정을 무시한 채 더욱더 우리 마음대로 틀에 가두고 싶지만 그래도 너희가 써먹을 곳, 즉 소련, 중국의 공산주의를 봉쇄하기 위한 방파제로 채찍만을 쓰지 않고 당근과 채찍을 동시에 써서 너희들을 '조종할' 것이다.

이제 일본은 깨어나야 한다.
일미대등이라는 착각에서 깨어나야 한다.
USA as No.1
Newyork as No.1 of Economy & Fashion(Newyork Collection, DKNY etc)
Washionton DC as No.1 of Politics

이 시간 현재 워싱턴 DC에서는 온 세계의 정치 전략과 정치 정보가 모여들고 한국이나 일본은 물론이고 각국의 외교가 벌어지고 있다. 동시에 뉴욕에서는 초고액 수당을 받는 컨설턴트나 로비스트들이 세계 각국의 대기업 이권을 둘러싼 경제 정보 획득에 여념이 없다. 또한 세계 패션의 흐름은 뉴욕의 실용주의를 지향하며 뉴욕을 대표하는 디자이너 도나카란의 실용주의, 합리주의 브랜드 DKNY(Donna Karan New York의 약자)는 고가에도 불구하고 전세계 젊은이들의 사랑을 받고 있다.

현재 미국에서는 세계 규모의 경제, 외교전략 등을 연구하여 세계를 좌지우지하는 전략기관들이 많다. 예를 들어 군사 연구로 유명한 CSIS, 미국의 전통적 보수사상을 바탕으로 반관료 통제를 주장하는 Cato Institution, 글로벌리즘에 입각한 민주당의 아지트인 브루킹즈 연구기관, 미국의 신보수주의자로서 80년대 이후 공화당 내에서 세력을 구축한 사람들과 의견을 같이 하는 AEI, 전통 보수파로 유명한 Hoover Institution 등등. 한국도 이와 같은 전략기관을 가지고 있으며 워싱턴에 지부를 두고 있다. 일본도 마찬가지다. 그런데 중요한 것은 실속이 전혀 없다는 것이다. 왜 실속이 없을까? 그것은 앙꼬 없는 찐빵과도 같기 때문이다.

여기서 앙꼬는 전략기관으로서 갖춰야 할 가장 중요한 점인 '자유로운' 국가전략연구를 말한다. 왜 자유롭지 못할까? 그것은 정부와 관료가 껄떡거리고 있기 때문이다. 자고로 학생들의 야자(야간 자율학습) 시간에는 그 누구의 간섭도 받아서는 안된다. 만약 학주(학생 주임)가 쓸데없이 교권을 행사하려고 기웃거린다면 자유로운, 창조적인 학습은 불가능하다. 학생들은 좀더 창조적인 발상을 하기 위해 야자시간에 운동장에 나가서 교과서에 실린 과학적 이론을 실험해 봐야 하는데 교칙이 허락을 않기에 자유로운 발상을 하지 못한다.

학생의 창의력을 억제하는 교칙처럼 법률은 전략 연구원들을 제약한다. 그런데 그 법률을 들먹이는 자들이 바로 행정관료들이다. 쓸데없이 행정관료가 법률을 들먹이며 기웃기웃하니까 전략연구기관들이 무용지물로 전락하고 마는 것이다.

반면에 No.1 미국의 전략기관들은 정부로부터 철저히 독립적이다. 그들은 정부나 대기업으로부터 정책전략의 연구를 고액을 받고 정책 제언을 한다. 한 예로, 앞서 밝힌 CSIS와 AEI는 '보스니아 평화' 즉, 데이턴 합의 문제를 국무성으로부터 의탁받아 전략 제언을 해줬다. 다시 말해서 데이턴 합의라는 큰 업적은 CSIS와 AEI의 연구원들이 해낸 것이다.

물론 이런 내막을 알지 못하는 대중들은 매스컴에서 떠드는 대로 리처드 홀부르크 국무부 차관보가 일궈낸 업적인 줄만 알겠지만 그것은 사실이 아니다. 리처드는 단지 CSIS와 AEI에 돈을 주고 정책 전략을 샀을 뿐이고 그 대가로 매스컴 앞에서 우쭐하게 폼을 잡을 수 있었던 것뿐이다.

진정 일본이 '일미대등'을 외치려면 쓸데없이 기웃거리는 학생 주임 같은 행정관료의 시선을 행정 개혁으로 돌려야 한다. 그러면 일본의 행정은 국민의 신뢰를 받을 수 있고 더 나아가서는 '돈 받는' 전략기관으로 거듭날 수 있을 것이다. '돈 받는' 전략기관이야말로 존재가치가 있다. 여태껏 일본의 전략기관은 '돈 주는' 기관이었다. 어디를 가나 졸부들은 머리로 안되니까 돈으로 자신의 존재가치를 인정받으려고 하듯이 일본의 전략기관들도 능력이 달리니까 미국의 컨설턴트에게 초고액을 지불해 가며 존재가치를 부끄럽게 하고 있다. 다시 말해서 지금까지의 일본 전략기관은 좀약기관이었다. 왜냐하면 전략이라는 말을 써도 부끄럽지 않을 만한 전략, 말하자면 글로벌리즘에 입각한 국제적인 정치 전략 같은 것은 손도 못 대고 좀약에 비유할 수 있는 사소한 해결책 즉, 경제계량(經濟計量)이나 기업의 마케팅 리서치 정도의 좀약에만 머물렀다.

일본이 '졸부'라는 말을 세계로부터 듣지 않으려면 전략기관들이 똑똑해져야 한다. 그렇지 않으면 졸부의 돈만을 노리는 제비족이나 588여성들과 같은 여자의 유혹에 쉽게 넘어간다. 물론 여기서 제비족, 588여성은 미국을 의미한다.

미국은 지금껏 듣기 좋게 글로벌리즘을 외치며 일본과의 군사동맹관계를 유지하며 극동지역의 평화를 위하려는 것처럼 보이지만 실상은 몇조 엔을 '평화협력금' 명목으로 뜯어내려는 것에 불과하다. 사슴이 하이애나의 공격에 맞설 수 있는 유일한 수단은 하이애나의 저의를 먼저 눈치채고 눈치껏 대응하는 것이다. 이제 일본의 전략기관은 선제 공격을 하기 위해서 '전략기관다워져야' 할 것이다(그들의 자유로운 연구를 방해하는 행정관료는 귀가하셔서 목욕재계하시고 수면을 취하시든지 아니면 일본의 앞날을 생각하셔서 2세 교육에 전념해 주시기 바랍니다).

정치

앵벌이파 행동대장 김정일 벗기기

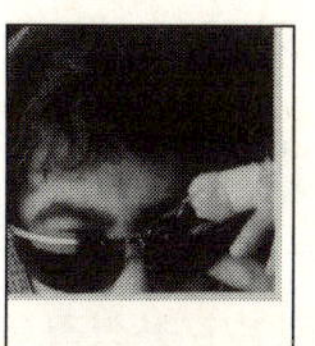 　1. 전국민의 앵벌이화를 꾀하기 위해 특권 계층을 제외한 전국민을 최대한 굶겨서 최대한 불쌍하게 보일 수 있도록 만든다.

　2. 앵벌이 조직원(국민)들의 불쌍해 보이는 모습을 촬영해서 세계 각국의 매스컴에 흘림으로써 국민의 개별적인 앵벌이 활동을 대신한다.

　3. 지원받은 동냥으로 행동대장 김정일 이하 특권 계층과 군사력 증강에 모두 쓰고 그 외의 국민은 앵벌이를 계속하기 위하여 즉, 불쌍해 보일 수 있도록 계속 굶는다.

　세계 최대 앵벌이 조직 '북조선'의 행동대장은 김정일이다. 사실 그는 얼마 전 헌법을 고쳐 앵벌이 조직의 보스가 되었지만 그는 보스보다 행동대장이 더 잘 어울린다. 그 이유는 망명한 전 서기 황장엽 씨의 말에서 엿볼 수 있다.

　"그 개는(개는) 제멋대로이고(김일성보다도 더 독재적이고) 변덕이 심하며 충동적이다.”

황장엽 씨의 말에서도 알 수 있듯이 김정일은 보스로서의 자질 미달이다. 적어도 보스라면 사이코추종자회의(중앙위총회)라든지 최고사이코회의(최고인민회의)를 형식적일지라도 개최해서 국가를 운영할 줄 알아야 될 뿐만 아니라 ‘생각이 있어야’ 하는데 김정일은 정반대다. 김일성보다도 더 독재적이라서 형식적인 행정 절차를 무시하고 행정의 ㅎ자를 아는지 의심스러우며 생각 없이 오로지 힘(군사력)만으로 밀어붙이려는 태도는 보스가 가장 지양해야 할 태도인데도 김정일은 그런 태도를 완벽하게 갖췄다.

게다가 보스는 무엇보다도 조직원(국민)으로부터 카리스마를 인정받아야 하는데 김정일에게는 도무지 카리스마가 보이지 않는다. 그래서 요즘에는 자신을 신격화하고 있지만 그것도 잘 먹히지 않고 있다. 이러한 김정일의 보스적 자질 미달 때문에 그가 공식적으로 보스의 자리에 오르는 데 한참을 지체했던 것이다.

물론 그의 보스적 자질 뿐만 아니라 김정일의 큰형님격인 중국의 강택민 주석과의 마찰도 있었으리라고 생각된다. 세계 최대 앵벌이 조직인 북조선은 한국과 중국 사이의 완충 역할을 하고 중국의 안보를 위해서도 남북의 현 상태(분단)를 유지하는 것은 중국에게 필수적이다. 그런데 제멋대로이고 충동적이며 힘만으로 앞뒤 가리지 않고 해결하려는 김정일이 보스가 되면 충동적으로 무력을 휘둘러 한반도 유사를 일으킬 여지가 충분히 있는데 그렇게 되면 북조선은 뒷심 부족으로 붕괴할 것이고 결과적으로는 중국의 안보를 위협하게 되는 상황이 올 수도 있기 때문에 중국이 김정일의 보스 취임에 알게 모르게 반대했던 것이다.

이외에도 김정일의 보스 취임을 지체시켰던 또 다른 이유는 그의 부족한 행정 능력이다. 1993년 6월경에 김일성은 김정일에게 이렇게 말했다.

"이런 간나 새끼래 내 아들 맞네? 너래 정치를 제대로 못했기 때문에 오늘부터 당 활동을 금지하갔어."

김일성은 김정일의 행정적 무능에 한계를 느끼고 결국 김정일의 당 활동을 금지하며 당의 직함을 박탈했다. 그런데 아무리 사이코를 추종하는 세력들만 모인다는 중앙위총회일지라도 당의 직함이 없이는 회의에 참석할 수 없다. 그런데 당의 총서기가 되려면 중앙위총회에서 선출해야만 합법적인 취임이 가능하다 보니 회의 자체가 수년간 열리지 않고 김정일의 보스 취임도 그만큼 지체되었던 것이다. 그렇지만 그건 공식적인 보스 취임이 늦었던 것일 뿐 실제로는 김일성이 죽은 후부터 김정일은 자신을 추종하는 세력들을 모아서 비공식적으로 보스 행세를 했다.

사실 그에게는 공식이든 비공식이든 상관이 없을 것이다. 원래가 제멋대로이다 보니 오히려 비공식적 보스여야 더욱더 제멋대로(독재적으로)하기 편할 수도 있었을 것이다.

2년 전 한국의 조선일보는 '역사적인 사설'을 실었다. 그 사설 내용은 대략 이렇다.

『북을 지금처럼 생지옥으로 만들어 놓은 장본인은 수해도 아니고 제국주의자도 아니고 남한도 아니다. 오로지 김정일과 그 핵심 실세들의 잘못된 국가 운영 탓이며, 오늘의 생지옥상의 하나로 김정일 정권의 존재 이유와 정당성의 근거는 100% 소멸했다. 북조선의 국가 경영 실패의 책임은 김정일 정권에 있다.』(1997년 6월 24일)

　구구절절 옳은 조선일보 사설이 나간 후 북조선은 곧바로 평양 방송(6월 27일)에서 『체제에 대한 도전이다. 조선일보가 끝장나는 순간까지 각이(各異)한 방법으로 보복할 것이다.』라는 내용을 방영했다. 또한 조선노동당 통일전선부 산하의 '한국민족민주전선'은 1997년 5월 15일 스승의 날, 아래와 같은 슬로건까지 발표했다고 한다.

　김영삼을 괴멸시키자.
　역적을 지옥으로 추방하자.

유다 영삼이에게 극형을,
청와대의 미친 개들을 박살하라.

앵벌이 조직 북조선의 행동대장 김정일이 몰상식하다는 것은 익히 알았지만 위와 같은 슬로건을 발표한다는 것은 몰상식의 결정체라고 할 수 있다. 국민이 뽑은 대통령을 괴멸시키자는 슬로건이나 조선일보에 보복하겠다는 태도는 어이가 뺨을 때린다(너무 어이가 없다).

한겨레 신문 1997년 4월 16일자에는, 『북조선에서는 지난 3월 25자 당중앙의 특명으로 농민시장에서 일체의 고기를 팔지 못하도록 했다. 원래 농민시장에서는 개인이 한 마리 정도의 기르는 양이나 닭 등을 팔 수 있었지만 최근 식량난이 더해감에 따라 농민시장에 인육(人肉)이 나돌고 있다. 그래서 금지된 것이다. 인육을 팔다가 걸려서 공개 치형된 사람도 있다.』라고 실려 있다.

북조선에 가중치를 두는 한겨레 신문에서 이런 정도의 글을 썼다면 틀림없는 사실이라고 봐도 무방하다.

인육…… 바로 이것이 세계 최대 앵벌이 조직 북조선의 현주소이다. 그리고 그 모든 것의 주동자는 다름 아닌 행동대장 김정일이다.

리별

조총련은 갔습니다. 아아, 어리석던 정일이의 조총련은 현명하게 갔습니다.

턱없이 줄어든 후원금을 깨치고 알량한 자존심을 향하여 정일이는, 작은 길을 걸어서 차마 떨치고 갔습니다.

무소의 뿔처럼 단순 무식하던 옛 맹세는 빛나는 깃털이 되어서 한숨의 미풍에 날아갔습니다.

쌈빡한 첫 거래의 추억은 정일이의 핵에 대한 야심을 불태웠고 뒷걸음질쳐서 사라졌습니다.

정일이는 한때 맹목적이었던 조총련의 후원에 "아이 좋아, 아이 좋아." 했고 사기꾼다운 조총련의 탈세에 눈이 휘둥그래졌던 적이 있었습니다.

후원도 사람의 일이라, 후원 받을 때에 미리 후원 못 받을 것을 염려하고 경계하지 아니한 것은 아니지만, 리별은 뜻밖의 일이 되고 아쉬운 정일의 가슴은 새로운 슬픔에 터집니다.

그러나 리별은 쓸데없는 미련의 원천으로 만들고 마는 것은, 스스로 자존심을 깨뜨리는 것인 줄 아는 까닭에, 걷잡을 수 없는 미련의 힘을 정일이는 지 발에 옮겨서 먼저 조총련을 차버렸습니다.

정일이는 후원 받을 때에 후원 못 받을 때를 염려하는 것과 같이, 후원 못 받을 때 다시 후원 받을 것을 믿습니다.

아아, 정일이에 대한 배신감과 증오심에 조총련은 갔지마는 정일이는 조총련을 보내지 아니하였습니다.

제 분노를 못이기는 증오의 노래는 조총련의 침묵을 휩싸고 돕니다.

조총련은 정일이와 리별하려 합니다.

기가 막힌 리별이 될 겁니다.

이런 리별이야말로 미를 창조하는 리별입니다.

최근 조총련이 조정년화 되어 가고 있다. 예전에 그토록 막강했던 자금 능력이 정년퇴직해야 할 만큼 약체화되었다는 말이다. 최근 불어닥친 조총련의 조정년으로 말미암아 조총련의 기강 자체가 망가지는 위기에 놓인 상황을 살펴보기에 앞서, 지금까지 북조선에게 있어서 조총련의 자금 능력이 얼마나 왕성했는지를 살펴보자.

우선 조직체계부터 살펴보면 중앙본부 밑에 조직국, 선전국, 정치국, 국제국 등을 둔 중앙조직이 있고 전국에 각현 본부를 가지고 있으며 다시 그 밑에 지부, 분회를 가졌고 그 밖에 중앙조직의 산하에 상공회, 신용조합협회 등의 18개 대중단체와 조선통신사, 조선신보사 등의 23개 사업체를 가지고 있다. 또한 보육소, 탁아소에서 대학까지 체계적인 교육 시설을 일본 전국에 배치해 놓았다. 동경의 조대를 비롯하여 총 150여 개의 학교를 배치해 두고 있지만 모두가 학교 교육법 제1조에 규정된 학교가 아니라 동법 제83조가 규정한 잡종(각종) 학교이다. 따라서 조총련이 세운 학교 학생은 모든 국립대학과 많은 사립대학에서 수험자격조차 가지고 있지 못한 실정이다.

이제 조총련이 하는 일의 꼬락서니를 살펴보자.

조총련이 하는 일은 크게 두 가지가 있다. 첫째는 김정일에게 막대한 후원금을 주는 것이고 둘째는 대남공작의 거점이다. 90년대 초까지만 해도 김정일은 조총련과의 관계를 만족해 했다. 김정일을 만족스럽게 한 것은 무엇보다도 연간 2,000억 엔의 후원금 때문이었다. 김정일은 2,000억 엔의 화대를 밑천 삼아서 핵 개발을 하려 했고, 그 사실을 눈치 챈 미국에서는 조총련이 후원금을 북으로 보내지 못하도록 중지시킬 것을 요구하기도 했다. 그렇다면 조총련은 그토록 막대한 액수의 후원금을 어떻게 마련했을까? 방법은 탈세에 있었다. 조총련에서 탈세를 할 수 있었던 것은 일본의 '암묵적 동조'가 있었기에 가능했다. 사실 일본이 벙어리 냉가슴 앓듯, 탈세하는 조총련에게 아무 말 못하는 사연은 다음과 같다.

일본 : 조총련계 소속에서 왜 탈세하니?

조총련 : 그것은 우리 조총련의 마땅한 권리야. 너희들이 전쟁 배상금을 지불하지 않았으니 우리도 탈세를 해야 공평한 것 아니겠어? 우리는 시방 당당해.

일본 : 좋은 말로 할 때 법대로 하자구. 우리도 알고 보면 무서운 놈들이야. 내 이름이 뭔 줄 알아? 성은 도끼로, 이름은 이마까, 합

해서 '도끼로이마까'야. 그러니까 나 열받게 하지 마. 열받게 하면 깐 이마 또 까는 수가 있어.

　조총련 : 법대로? 좋아, 법대로 하자. 우리 조선상공회는 너희 국세청과 각서까지 주고받았어. 못 믿겠으면 세금신고서의 담당 세무서란을 봐봐. 거기에 조선상공회의 도장이 당당하게 찍혀 있을 테니까. 그리고 말이 나와서 말인데 내 이름을 밝혀 주마. 성은 조스로, 이름은 입술까 합해서 '조스로입술까'야. 나의 최대 라이벌이 누군지 궁금하지? 내 최대 라이벌은 그 이름 높은 클린턴이지.

　일본 : 각서를 주고받아? 오메, 기죽어. 조 스 로 입 술 까? 오메, 기죽어.

　조총련 : 야아, 처신 잘해라. 안 그러면 네 입술도 모니까 느끼스키처럼 되는 수가 있어. 그렇게 되면 너도 까진 입술을 가리기 위해(?) 느끼스키처럼 클럽 모나코(CLUB MONACO)의 글레이즈라는 립스틱을 똑같이 사서 바르겠지. 하지만 이미 늦었어. 그 상품은 느끼스키라는 톱스타의 간접 광고 덕분에 이미 다 팔렸어.

　상황이 이렇다 보니 조총련계 상공인들은 거액을 탈세할 수 있었고 그 탈세액으로 김정일에게 후원금을 낼 수 있었다. 그런데 얼마 전부터 조총련계에 지각변동이 시작되었다. 그것을 증명이라도 하듯 김정일은 재작년에 있었던 난교 파티(당 총서기직 취임식)에 조총련을 초청하지 않았다. 김정일 말로는 나중에 난교 파티보다 더욱더 더러운 난교X파티가 있을 예정이므로 초대하지 않았다고 말했지만 실상 김정일의 속마음은 이렇다.

　'내가 지금까지 조총련에 해다 바친 투자가 얼만데 벌써……'

이에 대해 조총년의 심정은 다음과 같다.

조총련 : 차라리 잘된 일이야. 이제 우리도 김정일과의 관계가 지긋지긋해. 놈의 히스테리(귀국자를 북조선에서 처절하게 차별, 박해하고 수용소에 처박아 두는 사이코적인 짓거리)에 진절머리가 난다구. 게다가 우리가 준 후원금으로 자기 집을 으리으리하게 치장하면서도 자기 옆에서 굶어 죽는 국민에게는 국수 한 사발 사주지 않잖아.

그렇다. 이것은 현재 조총련에 불어닥친 신바람(NEW WAVE)임과 동시에 우리로서는 신바람(신나서 즐거움)인 것이다. 조총련의 변화는 위의 대화에서도 알 수 있듯이 김정일에 대한 조총련의 배신감이 크게 작용했다. 물론 이유는 이뿐만이 아니다. 세대 교체로 인하여 조총련의 신세대들은 일본화돼 가고 있는 경향도 한몫을 한다. 그들은 일본 국적을 취득하거나 한국 국적으로 개서하는 등 탈조총련화하고 있다. 그리고 그들은 결혼도 85% 이상이 일본인을 상대로 하고 있어서 일본인 배우자의 입김이 작용한 것도 사실이다. 마치 요즘에 모 회사의 맥주 광고를 연상케한다.

내레이션 : 오늘 동창 모임이 있는 날입니다. 그런데 아내가 늦게 나와서 화가 났습니다. 모두들 아내가 예쁘다고 난립니다. 기분이 다 싶어 계산하려는 순간 아내 왈 "안돼, 내지 마." 너무 예쁜 아내, 난 행복한 놈입니다.

이 광고의 내레이션을 일본인과 결혼한 신세대 조총련 버전으로 바꿔 보자.

 내레이션: 오늘 삼자 대면(조총련, 조총련 배우자, 김정일)이 있는 날입니다. 김정일이 우리더러 배은망덕한 놈들이라고 말해서 화가 났습니다. 아내는 김정일이 사이코라고 난립니다. 김정일 때문에 재수없다 싶어 돈이나 먹여서 북으로 던져 버리려는 순간, 아내 왈 "안돼, 내지 마" 너무 검소한 아내. 나도 일본인처럼 검소해져서 행복하게 살 겁니다.

시사

독일 VS 일본

1995년 5월 8일은 '젊은 태양' 독일의 패전 기념 일이었다. 그날 베를린에서 개최된 기념식전에서 전승국의 대표 영국의 메이저 수상이 다음과 같은 메시지를 독일인에게 보냈다.

"50년 전, 유럽인이 경험한 전쟁은 1914년부터 1945년까지의 30년 전쟁으로서 그 전쟁은 옛날 300년 전 유럽에서 발발한 '30년 전쟁'에 비해 결코 만만치 않은 전쟁이었습니다. 우리들은 과거를 묻어서도 안되지만 물어서도 안됩니다. 묻지 마. 한국의 묻지 마 관광의 관광객처럼 우리들도……."

메이저 수상이 그 전쟁을 30년 전쟁에 비유한 것은 그 전쟁에서는 승자 패자의 개념이 무의미하며 오히려 양비론(兩非論)에 가깝다. 이러한 메이저 수상의 메시지가 있은 후 미테랑 대통령은 밥먹으면서? 아니 식사(式辭)에서 이렇게 말했다.

"독일은 제2차 세계대전까지 무력(무조건 정력으로의 약자)으로 유럽을 제패하려다가 X대가 부러졌습니다. 전후 독일은 무조건 정

젊은 태양 독일은 맥주잔도 젊다.

력으로 밀어붙이면 X대가 부러진다는 교훈에 입각해서 외교 정책
에 활용했고 유럽이나 미국을 비롯하여 중동, 한국들과 제3국의 화
평에 공헌하고 신뢰를 얻었습니다.”

한마디의 독일 규탄 없이 오직 찬사로만 전후 독일을 평가했다.
그 이후 독일의 유럽에서의 지위는 한껏 높아졌다. 그 전까지 매스
컴에서 줄기차게 규탄하던 나치스, 히틀러도 사라졌다. 만약 현재

매스컴에서 나치스를 규탄한다면 '나치스=나 채였스'라는 공식처럼 '나 채였스'라고 외치며 방송국에서 쫓겨날 수 있고 히틀어=훽틀어라는 공식에 입각해서 히틀러를 규탄하면 방송국에서 '훽 틀어서(뭘 훽 트는지 모르시겠다구요? 에이, 다 아시면서)' 내보낼지 모른다.

이처럼 독일의 기세는 등등해져서 체코에서의 수테텐 문제까지도 독일은 사죄는커녕 오히려 체코 정부에 대해 이렇게 말했다.

"체코가 전시중의 문제를 사죄하라고 한다면 독일측도 전후 체코 수테텐 지방에서 추방되어 밤중에 플래시도 없이 심지어 야광 팬티도 못 걸친 채 도피해 나온 옛 독일인의 보상을 요구하겠다. 독일은 국가명(저머니, **GERMANY**)에서도 알 수 있듯이 한번 보상을 요구하면 끈질기게 받아낸다. 줘 머니, 줘 머니(Give Money)를 외치면서 말이다. 그러니까 너희 체코가 겁없이 사죄 요구를 들먹이면 너희 국가명이 체코가 아니라 삥코가 될 만큼 너희 코를 납작하게 하겠어."

예전 같았으면 이런 상황에서 주변국들이 체코의 편을 들어주었겠지만 이제는 독일의 편에 섰다. 주변국들도 앞으로 독일의 눈부신 활약을 예견한 것이리라.

이제 일본을 살펴보자. 일본은 패전 후 점령군의 자구(字句)에 빠져서 일본의 정체성을 버려 버리고 점령국의 점령정책에서 헤매고 있다. 그래도 냉전 중에는 미국의 대소 전략으로, 일본이 지리적으로 중요한 위치에 있었기 때문에 미국이 "우리 일본, 우리 일본" 하며 일본을 챙겨 주었지만 냉전 후 미국과 러시아가 한패가 되고 나서 일본은 전략적으로 써먹을 곳이 없어졌다. 즉, 냉전중에 일본이 미국으로부터 찬밥 신세였다면 지금은 개밥 신세로 전락한 것이다. 그런데도 일본은 이런 상황에 대항할 아무런 무기가 없다. 상대국의 구미를 끌 만한 첩보기관도 없다. 게다가 일본의 주변국들은 끈질기게 사죄 문제를 끄집어내고……

도대체 누구를 위한 사죄인가? 무위(無爲)의 사죄 아닐까?

이쯤되면 잘난 재패니스들도 자아도취에서 헤쳐 나와 전후 독일의 성공 비결이 궁금할 것이다. 아무리 심각한 자아도취에 빠진 일본인일지라도……. 그래서 이제부터 독일의 성공 비결을 밝히려 한다.

첫째, 주변국들로부터의 신뢰 회복이다. 그것의 기폭제가 된 것은 몇 해 전에 있었던 광우병 문제에서였다. 광우병 문제의 발단은 영국이 지난 15년을 두고 산우(産牛)의 사료에 내장이나 계분(鷄糞)까지 이용했으며 이것이 광우병을 유발한다는 것을 알면서도 숨기기에만 급급했을 뿐 아니라 EU 로비에서의 독일의 경고를 씹었기(무시했기) 때문이다. 그러다가 급기야는 광우병의 주동자가 독일인 것처럼 규정했다. 이런 상황에서 독일은 설쳐대지 않고 EU 국가들의 배후에 서서 작은 국가들로 하여금 독일의 주장을 관철시키도록 했는데 이러한 태도가 주변국들로부터 독일이 신뢰를 얻을 수 있었다.

둘째, 전후 독일은 군대를 결코 무력 목적으로 사용하지 않고 외교 수단으로 이용했다는 점이다. 한 예로 독일은 냉전 중에 최전선의 기지(동쪽은 38만의 소련군에 의해, 서쪽은 40만의 연합군에 의해, 각각 화학무기와 최신식 핵탄두 미사일로 국경지대에 배치되어 있었음)였음에도 불구하고 전쟁터로 독일을 제공하지 않았다는 점이다.

셋째, 전후 독일은 패배를 깨끗하게 인정하고 천문학적인 숫자의 배상은 물론이고 대국들이 주장하는 '평화'나 '인권' 따위가 제국주의 지배의 수단일 뿐이라는 것을 눈치챘다는 점이다.

넷째, 막대한 양의 정보 분석이다. 독일의 정보기관이야 300년 전부터 프로이센의 상징이었다는 것은 알 만한 사람은 다 안다. 그런데 이러한 정보기관이 동서분단을 통해 더욱더 성숙할 수 있었다는 점이 키 포인트다. 즉, 서독에서는 연방정보국으로 동독에서는 국가보안국으로 성장했다. 가령, 서독에서는 라인하르트 게렌 참모장교가 일찍이 미소 대립을 예견하고 종전 직후 소련에 관한 귀중한 자료를 숨기고 미국에 투항했었다. 그리고 이 자료들을 미국에 건네주고 CIA 창설에 손을 빌리는 교환조건으로 독일에 첩보기관을 남길 것을 요청했다. 미국은 이 요망을 받아들여 CIA 창설과 동시에 독일에도 BND 창설을 허용했다. BND의 정보 분석량과 정확성은 CIA나 이스라엘의 모사드와는 비교도 안될 만큼 우수하다. 게다가 BND는 옛 동독 비밀 경찰(소련 KGB와 직결)마저 흡수해 버렸다. 이처럼 독일은 패전했더라도 위풍당당하다. 그것은 점령국에게 '불굴의 정신'만은 점령당하지 않았기 때문이다.

반면에 일본은 점령국에게 정신까지 점령당했고 주변국들의 사죄 요구에 맞서서 반대 급부를 요구하는 독일의 해병대 같은 강인성조차 결여되어 있다. 게다가 현재 미국이 독일을 우방으로 대우하는 결정적인 이유가 BND와 같은 정보기관인데 일본은 '쓸'만한 정보기관은 한 군데도 없다. 같은 패전국으로서 독일은 1995년 5월 패전 50주년 기념일을 계기로 '전후를 깨끗이 청산하고' 전승국과 주변국들 사이에서 눈부신 활약을 보이는 반면에 일본은······

사회

위선 혹은 마조히즘

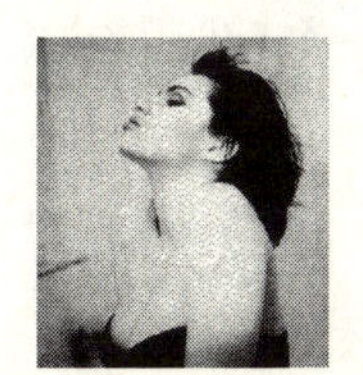아사히(朝日) 신문은 1993년에 이런 사설을 게재하였다.

『일본은 전후 보상에서 독일의 태도를 배워야 한다. 일본에서는 전후 전쟁을 일으킨 책임자나 징병을 당한 국민이나 모두가 반성을 하고 있다는 이른바 '1억 총참회'론이 만연했었다. 그 결과 어떤 식으로 보상해야 할 것인가에 대한 논의는 흐지부지돼 버렸다. 독일은 옛 서독시대 이래 유대인 학살 등에 대한 '개인' 보상만 해도 엔 환산으로 총액 약 6조 엔을 지불해 왔다. 일본이 아시아 나라들에게 지불한 6천억 엔은 배상금도 아니고 아무것도 아니다.』(1993년 9월 4일)

아사히 신문은 국내외적으로 진보적인 신문이라고 알려져 있다. 그런데 여기서 진보적이라는 의미는 조금 독특하다. 아사히 신문은 어떻게 해서든 일본의 구악만을 확대 노출해서 일본 자국을 경멸하는 것으로써 진보적이라는 것을 보여주고 있는 것에 불과하다. 진보적이기 위해서는 제도권을 비판해야만 하는 것은 어쩔 수 없다지만 아사히 신문은 주객이 전도된 것처럼, 진보적이기 위해 제도권을 비판하는 것이 아니라 제도권을 무조건 비판함으로써 덤으로 진보적이라는 평가까지 얻으려는 느낌마저 든다. 위에 소개한 사설도 마찬가지다. 외국과 비교를 해서라도 그것이 자국 일본을 욕하는 길이라면, 더 나아가 그것이 오직 일본만이 최악의 악질 국가라는 인식을 갖게 하는 것이라면 서슴없이 비교한다. 아래에 소개할 사설은 아사히 신문의 1997년 사설이다.

『옛 일본군에 의한 남경(南京) 대학살은 처음부터 없었다. '종군위안부'라는 것도 존재하지 않았다고 한다. 청일전쟁이나 러일전쟁은 긍정적인 평가를 해야 할 것이며 태평양 전쟁은 성전(聖戰)이었다고 한다.』

아사히 신문의 태도는 1993년과는 180도 변한 것이었다. 사실 아사히 신문의 태도가 바뀌기 시작한 것은 그 이전인 1995년경부터였다. 1995년 1월 1일부터 15일간에 걸친 기획 특집 기사를 쓰기 위해 신문사에서 사원을 독일에 파견했는데 그때부터 독일 파견단이 사설의 논설위원의 마조히스틱한 태도를 부정하면서부터 달라진 것이다. 당시 연재 기사는 대략 이렇다.

『일본과 독일의 전후 처리 원리는 근본을 달리한다. 일본이 국가 배상을 기본으로 하는 반면에 독일은 나치스의 부정의 피해자인 개개인에 대한 보상을 기본으로 한다. 따라서 1993년의 사설에서처럼 독일이 개인 배상을 일본의 10배에 해당하는 6조 엔을 지불하고 일본은 6천억 엔만을 국가 배상했다고 해서 독일이 국가 배상을 다 마친 다음에 추가로 개인 보상을 했다고 생각하셨다면 생각을 바꾸시기 바란다.』

이상하게도 유독 일본에는 아사히 신문처럼 자국을 어떻게 해서든 악의에 찬 국가로 만들려는 사람이 많다. 그렇게 하는 것이 착한 사람들처럼 보이기 때문인지, 아니면 마조히즘에 빠진 사이코라서인지. 그런 사람들은 독일의 보상 문제를 모범으로 해서 자국 일본을 경멸하지만 독일의 실상을 깨닫고 모범이 아니라는 것을 깨달은 후에는 또 어떤 나라를 모범으로 내세워서 일본을 최악국으로 만들려고 할까. 그때에는 도덕 교과서에나 나올 법한, 그러니까 현실과는 거리가 있는 성인군자들이 주장하는 선을 기준으로 해서 일본을 끝까지 경멸함으로써 자학할 것이다. 왜냐하면 여태껏 자국 일본을 경멸하다가 태도를 바꾸려면 과거에 자신이 취했던 태도를 경멸하게 되고 그렇게 되면 스스로 혼란에 빠질 수 있기 때문에 자신을 지키려는 차원에서 끝까지 일관성을 지키려는 억지를 부릴 것이다.

그래도 아사히 신문은 성인군사가 주장하는 선의 기준을 가지고 1993년의 주장을 일관성 있게 고수하려는 억지를 부릴 만큼 어리석지는 않은 모양이다. 일부의 마조히스틱한 일본인 때문에 일본의 위안부 문제가 '세계 각국의 특히 미국의 장난감'이 된다. 아사히 신문은 한국을 군사 독재 국가라고 비난할 때는 언제고 '일본의 과거를 경멸'하자는 의견에 동의해서 한국인들 중에는 아사히 신문을 좋아하는 사람들이 많다.

또한 뼈를 깎는 아픔을 겪었던 피해 여성들의 문제를 가지고 미국의 정치적 목적에 편승하여 자기 만족이나 위선을 떨려고 하는 재패니스들의 태도는 정말 가관이다. 한국에서 위안부 문제를 교과서에 실으라고 요구한 적도 없는데 일본 내에서는 교과서에 실었다. 이러한 태도는 일본이 미국에 이용당한다는 것을 여실히 증명하는 것이다.

무엇보다도 일본이 이런 식으로 이용당하는 것을 가능하게 하는 것은 앞서 밝힌 대로 미국의 정치적 목적에 편승하여 일신의 안위를 얻기 위해 자국 일본을 경멸하면서 위선을 떠는 일본인들이 있기에 가능하다. 상식적으로 중학교 교과서에 위안부 문제를 실어서 가르친다는 것 자체가 난센스다.

목숨을 잃은 것처럼 뼈에 사무치도록 엄청난 정신적, 육체적 피해를 입은 위안부 여성들의 상처는 앞부분에서도 주지하다시피 '절대로' 치유될 수 없다. 그렇기 때문에 우리는 그분들의 심중을 헤아려 자존심 상하지 않도록 '조심스럽게' 배상금을 드려도 시원치 않다. 그런데도 불구하고 그분들의 피해를 정치적 목적으로 이용하고 있다. 하지만 그것보다 더 나쁜 것은 그런 것에 편승하는 일부의 일본인들이다.

일본이 보상을 하는 것의 의도는 '순전히' 다른 나라와의 무역을 하기 위해서 고육지책으로 '정치적 책임(어디까지나 정치적인 한계를 지닌 책임일 뿐 그 이상의 책임을 진다는 것은 불가능한 것이고 건방진 태도일 것이다. 왜냐하면 치유될 수 없는 문제니까)'을 지는 것에 지나지 않다고 봐도 무방하다. 이러한 배상금은 피해를 당한 분들도 '치사해서' 받고 싶지 않을 것이다.

문화

스타 제조 공학으로 조명한 일본

여기 낮에도 빛나는 별들이 있다.

별들 중에는 일본의 체제에 동조하지 않는 별들도 있다.

동조하지 않는 것이 최대의 저항 아닐까.

스타는 한 시대의 거울이므로 스타 제조 공학을 조명하는 것은 일본을 접근할 수 있는 가장 친근한 방법일 것이다. 따라서 아무로 나미에, 마츠다 세이코, YUKI, PUFFY라는 4명의 굵직한 일본의 스타를 통하여 일본 사회를 조명해 본다.

•꿈 잃은 여고생을 공략한 아무로 나미에

'훨씬 더 짜릿한 밤과 포옹하고 싶어. 더 이상 꿈꾸는 소녀일 수 없어.'

일본에서는 물론 한국에서도 폭발적인 인기를 얻고 있는 아무로 나미에의 노래 가사이다. 그녀의 인기 비결이 섹스어필한 노래 가사 때문만이 아니라 뛰어난 무대 매너와 훌륭한 음악적 자질 등 많이 있겠지만 노래 가사에서 공감을 얻지 못했다면 지금의 인기를 누릴 수 있었을까.

일본의 여고생들은 가라오케에 가면 거의 대부분 아무로 나미에의 노래를 부른다. 선정적인 노래를 부르면서 자신도 성적 욕망을 충족하고 싶다는 마음을 표현하는 것이다. 이런 경향을 단지 사춘기 시절의 자연스런 모습으로 생각하기에는 뭔가 석연치 않다. 왜냐하면 내재된 욕망을 현실화시켜서 방종의 단계에 접어든 여학생이 일본에는 많기 때문이다. 물론 일본이 한국과 성에 대한 관념이 많이 다르고 순결에 대한 인식도 관대하기 때문이기도 하겠지만 그것이 이유의 전부는 아니다. 여기서 또 다른 이유를 살펴보자.

왜 일본 여고생들 중에는 방종을 일삼는 학생이 많을까? 방종은 자기 학대의 한 형태이다. 그렇다면 일본 여고생들 중에 자기학대를 하는 여고생이 많은 이유는 뭘까? 우선 자기학대를 유발하는 원인을 살펴보자. 자기학대를 일으키는 이유는 크게 두 가지가 있는데 하나는 주위 환경으로부터 자기 자신을 지키지 못했을 때이고, 다른 하나는 스스로의 행동에 역겨움을 느낄 때이다. 일본 여고생들이 방종을 일삼는 원인은 전자에 가깝다. 여기서 주위의 개념은 무생물까지도 포함된다. 따라서 '대학입시'가 주위 환경일 수 있다.

결국 주위 환경으로부터 자신을 지키지 못했다는 것은 대학입시를 포기했다는 말과 같은 의미가 된다. 바로 숨막히게 하는 대학입시의 중압감과 공부를 못한다는 이유로 별 볼일 없는 학생 취급을 받는 데서 오는 자기 멸시이다. 대학 입시만이 최대의 목표로 인정해 주는데, 대학입시를 포기했으므로 목표를 상실한 것이다. 목표가 없으므로 내일도 없고, 내일이 없으므로 오늘만 존재한다. 또한 오늘만 존재하므로 오늘 하루의 쾌락이 인생 최대의 목표가 된다. 따라서 그 목표를 이루기 위해 모든 것을 정당화하고 합리화한다. 그래서 아무런 죄책감 없이 방종을 저지르는 것이다. 죄책감마저도 쾌락이라는 목표를 달성하기 위해 정당화시키는 것이다.

특히 일본인에게는 절대적 가치 판단의 기준이 없기 때문에 죄책감을 정당화시키는 것을 더욱 부추긴다. 왜 일본인에게는 절대적 가치 판단의 기준이 없을까?

근본적인 이유는 일본의 가정 교육에서 찾을 수 있다. 일본의 어머니들이 어린 자식들에게 항상 강조하는 말은 "남에게 폐만 끼치지 말아라."이다. 이런 말을 계속 듣는 일본 어린이들의 판단 기준은 남에게 폐를 끼치느냐 끼치지 않느냐로 결정된다. 따라서 도덕적으로 옳지 못한 행동이라도 그것이 남에게 폐를 끼치지 않으면 정당한 행동이 되는 것이다.

마지막으로 일본 여고생의 방종을 유발하는 원인은 부모님들의 지나친 사생활 보호의식 때문이다. 즉 자식이 강도질을 했다 하더라도 자식의 사생활이라고 일축해 버리고 더 이상의 언급을 하지 않는다.

결국 이처럼 방종을 일삼는 여고생의 숫자가 많은 이유는 관대한 성윤리와 잘못된 입시제도, 절대적 가치 판단 기준의 부재, 자식에 대한 지나친 사생활 보호의식의 합작품이다.

아무로 나미에는 처음부터 이러한 여고생을 타깃으로 삼았다. 그리고 그녀의 계획은 적중하여 아무로 나미에 열풍을 불러일으켰다. 매스컴에서는 매일매일 아무로 나미에의 일거수 일투족을 보

여주어 팬들의 나침반 구실을 한다. 특히 아무로 나미에 팬들의 패션은 절대적으로 그녀의 영향을 받는다.

그녀의 의상은 물론이고 메이크업과 헤어스타일까지 똑같다. 아무로 나미에 신드롬은 여기서 그치지 않는다. 보통 가수가 CD 2천만 장을 팔려면 몇 년이 걸릴까? 수십년이 걸릴 수도 있고 평생 음반을 내도 이룰 수 없을지 모른다. 하지만 아무로 나미에는 20여 개월만에 달성했다. 이처럼 놀라운 영향력을 가진 아무로 나미에가 얼마 전 결혼을 했다. 그녀의 남편은 과연 어떤 사람일까? 그는 같은 직종에 종사하는 연예인으로, 나이는 그녀보다 무려 열다섯 살이나 많고 한때 댄스그룹 TRF의 댄서로 활약했던 SAM이다. 아무로 나미에는 결혼한 지 1년만에 득남을 했다.

• 워너비(wannabe) 심리를 이용한 마츠다 세이코

일본 굴지의 대기업에서 중간 간부로 재직중인 사토는 10년째 혼자서 살고 있다. 결혼을 안한 건 아니지만 타지역으로 발령을 받았기 때문이다. 일본에서는 흔히 있는 일로써 사토 역시 아무런 불만 없이 회사의 요구를 따라 주었고 묵묵히 일해 왔다. 회사를 가

족처럼 생각하고 살아온 것이다.

그러던 그가 요즘 깊은 우울증에 빠졌다. 뒤늦은 후회를 하고 있는 것이다. 죽도록 일해 봐야 남는 건 10여 평 남짓의 아파트 한 채가 전부일 뿐, 더 이상 회사를 다니는 의미를 찾을 수 없기 때문이다. 회사에서 자신의 존재는 소모품에 지나지 않는다는 것을 깨달은 사토는 우울증에 빠진 뒤부터 회사 일에 소홀하기 시작했고 그런 사토를 바라보는 직장 동료들의 시선은 그야말로 놀라움 그 자체였다. 일본에서는 흔치 않은 일이기 때문이다.

점점 사토는 직장 동료들로부터 이지메라고 불리는 집단적 따돌림을 받기 시작했다. 이지메를 주도한 사람은 사토의 불성실을 눈여겨보던 사토의 상사이다. 나이 먹어서 당하는 이지메는 사토에게 견디기 힘든 아픔이었다.

사토는 좀처럼 빠져나오기 힘든 이지메의 굴레를 잠시나마 벗어나서 마음을 달랠 수 있는 곳을 생각해 봤지만 한 군데도 없었다. 사토는 가족에게조차도 마음의 위로를 받을 수 없다. 왜냐하면 사토의 부부는 일본 대부분의 기성세대 부부들이 그러하듯이 부부간의 할 일이 철저히 분업화되어 있어서 남편은 오직 돈을 벌어 오는 것이 가장 큰 의무이고, 아내는 자식과 가정을 돌보는 것이 의무인데 직장 생활이 순탄치 않다는 것을 알면 아내가 몹시 언짢아할 것이 분명하기 때문이다.

부부이므로 아내가 지금까지 살아온 정 때문에라도 남편을 위로해 줘야 되지 않느냐고 생각할 수 있지만, 일본에서는 사정이 다르다. 일본에서는 정이란 단어의 뉘앙스 자체를 느끼지 못하고 사는 부부들이 대부분이며 부부 사이엔 책임과 의무로서의 관계만이 남는다. 따라서 자식과의 다정한 관계도 기대하기가 힘들다.

자식은 99%가 어머니의 힘으로 길러졌고 남편은 지금껏 돈만 가져다 줬지 한 번도 자식의 문제에 대해 신경 써준 적이 없기 때문이다. 얼마 전 사토는 정년퇴직을 맞았고 곧바로 이혼을 했다. 이혼을 주장한 쪽은 전적으로 아내 쪽이었다. 아내는 남편의 퇴직금만을 바란 것이다. 서로간의 사랑이 없으니 그럴 만도 할 것이다.

일본에서는 최근에 이렇게 정년퇴직과 이혼을 동시에 하는 것이 다반사라고 한다. 결국 사토에게 남은 것은 아무것도 없었고 그가 선택한 것은 불륜이었다. 하지만 누구나 사토처럼 불륜을 저지르는 건 아니다. 불륜을 저지르고 싶어도 환경의 제약을 받아서 못하는 사람들도 있다. 남편 회사의 사택에 사는 주부들이 바로 그들이다.

일본의 사택은 창살 없는 감옥이다. 회사주는 감옥의 대표이고 이웃에 사는 주부들은 교도관적인 존재이다. 왜냐하면 사택에 사는 사원의 극히 개인적인 사생활까지도 회사에서 간섭하고 이웃에 사는 다른 주부들까지도 사사건건 신경을 쓰며 무슨 일이라도 벌어지면 소문을 퍼뜨리고 다니기 바쁘기 때문이다. 이런 상황에서 불륜이라도 저질렀다치면 어떻게 될까? 분명히 곧바로 주부들이 소문을 낼 것이고 그 소문은 남편과 회사 간부에게까지 퍼질 것이다. 따라서 사택에 사는 주부들은 방안에 틀어박혀 TV를 보며 대리 만족을 느끼는 것이 전부다. 일본 방송은 폭력과 불륜이 주된 프로그램들이기 때문이다.

이렇게 불륜을 저지르고 싶지만 저지를 수 없을 때 불륜을 맘껏 저지르는 스타가 있다면 어떤 생각을 할까? 당연히 부러워할 것이다.

일본의 최고 스캔들 메이커는 마츠다 세이코라는 여성이다. 그녀는 결혼을 해서 딸을 낳은 뒤 가정을 버리고 혼자 미국으로 떠나 연예활동을 하며 제프라라는 젊은 백인과 애정 행각으로 스캔들 빈곤에 시달리던 일본의 매스컴을 먹여 살렸다. 그리고 최근에는 이혼을 했다. 주목할 만한 것은 마츠다 세이코가 미국에서 애정행각을 벌였을 때와 이혼했을 때, 일본 가요계에 수많은 히트곡을 내놓았다는 점이다.

일본에서는 사랑하기 때문에 결혼하는 비율보다는 조건만을 우선해서 결혼하는 경우가 훨씬 많다. 그렇기 때문에 조건이 좋은 사람과 결혼을 하고 결혼 후에는 멋진 사람과 자유롭게 연애를 하고 싶어한다. 따라서 마츠다 세이코처럼 자유롭게 불륜을 저지르는 스타를 보고 자신들도 똑같이 되고 싶다는 심리, 즉 워너비(wannabe)를 자극한 것이다.

● 조심스러운 일본인의 심리를 파고든 YUKI

일본을 자주 오가는 이모로부터 이런 말을 들은 적이 있다. 이웃에 사는 일본인의 생일 선물로 한국제 넥타이를 선물했는데 며칠 후 그 일본인으로부터 답례품을 받았는데 넥타이였다는 것이다. 물론 디자인은 달랐지만 3개가 세트로 묶여 있는 것까지 똑같더라는 것이었다. 이모는 답례품 같은 것을 기대하지도 않았기 때문에 선물을 받는 순간에는 의아하면서도 무척 고마운 생각이 들었는데 선물을 확인한 순간, 고마웠던 마음이 사라졌다고 한다. 아마 일본인의 태도가 너무나 계산적이어서 오히려 차갑게 느껴졌기 때문일 것이다. 왜 그 일본인은 필요 이상으로 계산적일까? 그것은 부담을 주려 하지도 부담을 받으려 하지도 않기 때문이다.

넥타이를 수백 개 받은 것도 아닌데 그렇게 과민반응을 보이는 일본인의 태도에서 그들이 얼마나 예민하고 조심스러운 성향인가를 알 수 있다.

실제로 일본인은 매사에 굉장히 소극적이고 수동적이다. 자신의 주장을 펴지 않고 남들이 하자는 대로 따라하는 스타일이며 자신의 속마음을 절대로 내색하지 않는다. 이러한 나라에서 YUKI는 당연히 돋보이지 않을 수 없다. 그녀의 인터뷰가 생각난다.

기자 : 가수가 되기 전에 뭐했어요?
YUKI : 관광버스 안내양이었어요.
기자 : 관광버스 안내양을 했던 특별한 이유라도 있었나요?
YUKI : 노래를 실컷 부를 수 있잖아요. 아아, 그 따위 질문은 그만하고…….

일본인들이 YUKI를 좋아하는 이유가 거침없는 말과 행동 때문이라면 일본인들도 그렇게 행동하기를 갈망하고 있다는 것이다. 결국 일본인들이 조심스러운 것은 남에 대한 배려가 아니라 어쩔 수 없어서 하는 제스처에 불과하다. 만약 일본인들이 남을 진심으로 배려하는 마음에서 조심스럽다면 YUKI처럼 제멋대로인 애를 우상처럼 떠받들겠는가.

• PUFFY — 철저하게 친구처럼

일본 여고생이라고 해서 모두 다 섹스를 즐기고 놀기만 하는 애들이 있는 것은 아니다. 도쿄대나 게이오 대학 같은 명문대에서 여

학생의 입학률이 높은 것도 노는 애와 공부하는 애가 확연히 구분
되었다는 것을 보여준다. 그래서 일본의 여고생 중에는 아무로 나
미에의 섹스어필한 노래 가사가 거부감으로 다가올 수 있다. 이러
한 여고생은 일반적으로 현명하게 현실을 받아들일 줄 아는 학생
들이다. 그들은 가라오케에 가서 '훨씬 더 격렬한 밤과 포옹하고
싶어' 대신에 '가끔은 일상에서 벗어나 바닷가에 가서 요리를 즐기
자'라는 반현실 도피적인 노래 가사가 담긴 PUFFY의 노래를 부르
며 스스로를 추스른다.

  PUFFY는 친구 같은 이미지를 극대화하기 위해 춤까지도 힘없
이 춘다. 즉 현실을 받아들이지만 너무나 과중한 학교 수업에 지친
학생들의 모습을 표현하기 위해 의도적으로 지친 표정을 지으며
힘없어 보이는 춤을 추는 것이다(물론 PUFFY는 인터뷰에서 춤을 잘
못 추기 때문에 고안한 율동이라고 말했지만). 게다가 청바지와 평범
한 T셔츠 차림으로, 멀게만 느껴지는 스타가 아닌 슬플 때도 기쁠
때도 같이 있어 줄 것만 같은 친구의 이미지를 극대화해 준다.

사회

보이는 것만이 진실은 아니지만

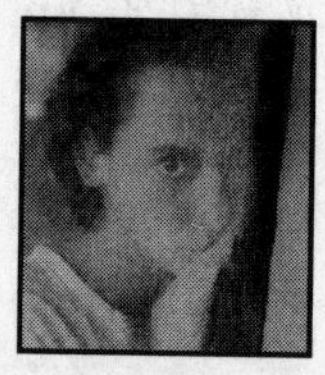

1992년 1월에 서울에서 한·일수뇌회담이 열렸다.
미야자와: 위안부 문제를 사과할게.
위안부 문제를 사과한당께.
위안부 문제를 사과해브러.
위안부 문제를 사과한대이.
위안부 문제를 사과하는구먼. 노가리, 이제 됐지?
노태우: 지금 장난하냐? 그 정도로는 허벌라게 부족해. 야아, 최
소한 여섯 번은 사과해야써.
미야자와: 위 안 부 문 제 사 과 노가리, 이제 그만, 이제 그만?

그렇다. 일본의 미야자와 총리는 총 6회에 걸쳐 위안부 문제를
노태우에게 사죄했다. 이 사죄에 따라 한·일관계가 조금이라도
좋아졌을까? 전혀 그렇지 않다. 오히려 국민의 상호 이해 수준이
더욱 악화되었을 뿐이다.
당시의 한·일수뇌회담이 있은 지 얼마 지나지 않아서 일본의

영향력 있는 분들이 일본 외무성 북동아시아과의 담당관에게 이런 질문을 했다고 한다.

"미야자와 총리는 일본군이 위안부를 강제 연행한 사실을 인정하고 사죄를 한 것인가, 아니면 빈곤 때문에 위안부 노릇을 해야 했던 것을 사죄한 것인가. 만일 후자라면 왜 전전의 요시와라 등에 팔린 일본인 여성에게는 사죄를 하지 않는가."

이 질문에 대한 대답은 "그걸 나한테 물어 보면 안되지."였다고 한다. 일국의 총리가 외국의 대통령에게 여섯 번씩이나 충심의 사죄를 한 내용이 실상은 확실한 조사조차 이루어진 상태가 아니라 단지 미야자와가 자신의 안전을 위해 자국의 자존심까지 팔아가며 노가리에게 노가리를 친 것에 불과했다는 것이다. 하지만 미야자와 총리가 단지 자신의 안전을 위해서만은 아니고 당시의 한 · 일 매스컴의 경향을 외면할 수 없었기 때문이었다.

이러한 상황은 비단 미야자와 총리만의 문제가 아니었다. 일본의 전 수상 호소카와는 신문의 프로파간다를 간파하지 못하는 정치인의 무지목매(무지에 목을 맨다는 말로 무지에 살고 무지에 죽는 무생무사와 같은 의미)를 돋보여 주었던 에피소드가 있었다. 호소카와는 '독일을 배워라, 배워'라는 아사히 신문의 캠페인에 동조하여 이렇게 말했다.

호소카와 : 독일이 7조 엔을 지불해? 내 조국 일본도 질 수 없지. 일본은 5조 엔을 플러스해서 12조 엔을 지불해야지. 그게 좋지?

이러한 무책임한 발언을 일본 중의원 쌍젓?(上井)이 리바이벌까지 해서 듀엣으로 무지를 과시하기도 했다. 마치 경매장을 방불케 한 에피소드였다고 감히 말할 수 있다. 경매에 내놓은 물건은 자국의 자존심인데 실상 그 물건은 진품이 아니라 짜가에 불과했다. 그런데 바람잡이 아사히가 옆에서 부추기니까 호소카와는 허상의 자존심을 사기 위해 5조 엔을 더 추가하는 척하며 생색을 낸 것이다. 그러자 뒤에 있던 쌍것이 "아이 애무 투(I am, too)."를 외치며 쇼하고 있는 호소카와를 애무하며 동조했다.

사실 독일이 국가 배상을 다 끝내고 개인 보상을 한 것은 아니다. 바이츠제커 전 대통령이 말했듯이 "유대인이나 열등 민족을 지상에서 말살한다는 것은 전쟁 범죄와는 다른 이념 범죄의 극악의 범죄"이기 때문에, 보통의 패전국처럼 국가 배상으로 모든 것을 끝내고 싶어도 그럴 수 없기 때문에 개인 보상을 한 것은 아닐까?

1997년 3월부터 한국의 중·고교 국정 교과서에 지금까지 없었던 위안부에 관한 기록이 수록되었다. 중학 교과서에는 『여학생까지도 정신대라는 이름으로 연행되어 갔으며, 일본군의 위안부로 희생이 되기도 했다.』고 수록되어 있고 고등 교과서에는 『여성들까지도 정신대라는 이름으로 연행되어 일본군의 위안부로 희생이 되기도 했다.』고 수록되어 있다.

한국 정부는 1992년 7월에 발표한 '일제하 군 위안부 실태 중간 보고서'에서 『1943년부터 위안부 동원에 …19세기 아프리카의 흑인 노예사냥과 동일한 수법으로 위안부를 인간 사냥했다.』고 발표했다.

대부분의 한국인은 정신대라는 이름으로 위안부가 되었다고 믿는다. 그리고 한국은 물론이고 일본 또한 매스컴에 밀려 역사인식이 한쪽으로만 치우쳤던 점이 없지 않다. 그래서 한국 국민이 일본군에 의한 강제 연행을 굳게 믿는 것도 당연하다고 할 수 있다. 하지만 그러한 믿음이 마땅히 사실이라 할지라도 이 시점에서 일본 군에 의한 강제 연행의 근거라고 할 수 있는 것을 몇 가지 살펴보는 것이야말로 과거의 역사인식을 제대로 할 수 있는 중요한 계기가 될 수 있을 것이다. '발견된 공문서'를 살펴보기로 하자.

군 위안소 종업부(從業婦) 등 모집에 관한 건에 보면 이런 글귀가 적혀 있다.

『지나(支那)사변(중일전쟁) 지역에서의 위안소 설치를 위해 일본 본토에서 이를 위한 종업부 등을 모집하는 데 있어서 고의로 군부 양해 등의 명의를 이용하여 그로 인해 군의 위신을 손상시키고 또한 일반 국민의 오해를 초래할 우려가 있는 일, 혹은 종군 기자, 위문자 등을 사이에 세워 통제성 없이 모집하여 사회 문제를 야기할 우려가 있는 일, 혹은 모집을 맡은 자의 인선이 적절하지 못하기 때문에 모집의 방법이 유괴와 같아 경찰 당국에 검거 취조를 받은 사가 있는 등 주의를 요하는 자가 적지 않음에 대하여는 장차 이같은 모집에 있어서 파견군에서 통제하고 이를 맡은 인물의 선정을 주도 적절하게 하며 그 실시에 있어서는 관계 지방의 헌병 및 경찰 당국과 연계를 밀접히 할 것이며 동시에 군의 위신보지상 아울러 사회문제상 유루가 없도록 배려하시기를 명에 따라 통첩한다.』

즉, 군부 양해의 명의를 악용하거나 일선 위문자 등을 끌어들인 통제성 없는 모집을 하거나 유괴 같은 방법을 써서 경찰의 신문을 받는 등의 문제가 발생하므로 업자의 선정을 분명히 하고 지방 헌병이나 경찰과 연계를 밀접히 가지라는 내용이다.

업자에 의한 강제 연행을 군이 경찰과 협력해서 방지하려 했다고 적혀 있기는 하다. 또한 1938년 7월에 작성된 보병 제41연대 진

중일기의 '군인 및 군대의 대주민 행위에 관한 주의의 건 통첩'에는 다음과 같은 글귀가 적혀 있다.

『군인 및 군대의 주민에 대한 불법 행위가 주민의 원한을 사고 반항의식을 부채질하며 공산항일계 분자의 민중 선동의 구실이 되어 치안 공작에 중대한 악영향을 미치는데(중략) 강렬한 반일의식을 격렬하게 하는 원인은 각처에서 일본 군인의 강간 사건이 전반으로 전파되어 실로 예상 외의 심각한 반일 감정을 양성시키는 데 있다(중략). 강간은 단순한 형법상의 죄악에 그치지 않고 치안을 해롭게 하고 군 전반의 작전 행동을 저해함으로써 국가에 미치는 중대 반역 행위라고 할 것이며 부하 통솔의 책임을 가진 자는 국가를 위하여 울며 미속을 베어 타인으로 하여금 경계를 삼게 하고 다시금 이런 행위의 발생을 절멸하도록 할 필요가 있다(중략). 군인 개인의 행위를 엄중히 단속하는 한편 될 수 있는 대로 빨리 성적 위안의 설비를 갖추어야 하는데 설비가 쉽게 되지 않기 때문에 본의 아니게 금기를 범하는 자가 생겨나므로 단속하는 것이 필요하다.』

작전 행동의 저해를 없애기 위해 강간을 저지른 부하를 엄하게 처단하라고 한 군이 식민지에서 반일의식을 앙양시킨다는 것을 알면서 위안부 강제 연행을 했을 수도 있지만, 적어도 발견된 공문서에는 위와 같이 적혀 있다. 반면에 매스컴에서는 정신대＝위안부라는 의견이 압도적이었다.

『제2차 세계대전 당시 조선 반도를 중심으로 약 10만~20만 인의 10대에서 40대 미만까지의 여성이 '정신대'의 이름으로 모집되었다.』(每日新聞 1992년 3월 5일), 『태평양 전쟁에 들어가자 주로 조선인 여성을 정신대라는 이름으로 강제 연행했다.』(朝日新聞 1992년

1월 11일)
　매스컴의 의견이 옳든, 증거 자료대로 강제 연행은 없었든 진실
은 감출 수 없다.

정치

햇볕정책=잿볕정책

 한국의 일부 언론은 미국이 한반도 위기를 연출한 것에 불과하다고 착각하고 있고, 일본이 북한 미사일을 빌미로 강력한 무장을 정당화하려 한다고 착각하고 있다. 또한 북한이 달러를 벌기 위해 핵과 미사일을 만드는 것이라고 착각하고 있다. 그러나 착각은 치매의 지름길이다.

가깝게는 치매에 걸리지 않기 위해서, 더 나아가서는 일국의 첫 번째 목표인 국가안보를 위해서 이제는 착각에서 벗어나 다음과 같은 김정일의 생각, 다시 말해서 북한의 핵과 미사일이 가지는 전략적 의미를 제대로 깨달아야 할 때다.

'도대체 남한이라는 나라는 알다가도 모르겠어. 우리의 핵과 미사일의 첫 번째 타깃임에도 불구하고 저렇게 태평하다니. 뭐? 햇볕정책? 지랄. 그 옛날 제2차 세계대전 직전 영국 수상 챔벌레인의 유화정책이 히틀러를 더욱더 전쟁에 미치도록 만들었다는 것을 벌써 잊지는 않았을 텐데. 내가 알기에도 DJ 그 노인 양반이 나이에 비해 '뇌는 좋다'고 지 입으로 말하던데 별로구만. 지피지기면 백전백승이라고, 남한은 날 정확히 모르는가 보군. 나처럼 군사독재주의자가 한낱 말같지도 않은 햇볕정책에 넘어갈 것 같아? 일본은 미국과 함께 미사일방위체제(TMD)를 만들려고 하면서 나의 '제멋대로식' 행동에 대비하려고 발버둥을 치는데 한국은 아무런 대책도 없이 일부 언론의 빗나간 착각에 휩쓸리기만 하니, 한국인 꼴좋다. 난 앞서 밝혔듯이 제멋대로라는 것을 명심하라우. 내가 언제 앞뒤 재고 일 저지르는 것 봤어? DJ, 봤냐고? 난 그 정도밖에 안되는 놈이라구. 한 예로 그 이름 높고 다루기 어려운 나의 보스 강택민 주석이 만나자고 사정을 해도 '앞뒤 구분 못하고' 거절했잖아. 내가 주제넘게 충고 한마디 할까? '입장 바꿔 생각해 봐.' 너희 같으면 국가의 최대 과제를 한낱 햇볕정책으로 포기할 것 같아? 게다가 우리는 너희들과 달리 일당독재 체제라서 한번 정한 당의 목표를 끝까지 고수한다는 깃을 일아아지. 니희 민주주의처럼 징권이 바뀔 때마다 민심을 잡기 위해 국가적 목표를 수시로 바꾸지 않는다는 말씀이야. 따라서 내 말의 요지는 내 정권이 붕괴되지 않는 한 전쟁을 포기하지는 않는다는 것이야. 거기다가 난 워낙 성격이 변덕스럽고 지랄같고 충동적이어서 언제 전쟁을 일으킬지 모르는 위험 인물이야. 결국에는 우리가 뒷심이 없어서 붕괴될 것이라는 것을 알면서도 말야. 그럼 이제 내가 핵과 미사일을 만드는 진실한 전략적 의미를 눈치챘갔지? 그것은 바로 한반도 유사시 미국과 일본이 전쟁에 개입하지 못하도록 하기 위함이야. 내가 아무리 제멋대로라지만 지금껏 전쟁을 '연기하고' 있는 유일한 이유가 주한미군, 주일미군이야. 그래서 난 핵탄두를 장착한 중장거리 미사일을 만들었어. 이 미사일로 한반도 유사시 증원될 주한미군과 주일미군을 억제하려는 거지. 제아무리 뒷심 좋은 미국이라도 내가 워싱턴에 핵 미사일을 날릴지도 모르는데 전쟁에 개입하갔어? DJ, 햇볕정책? 그건 내게 잿볕정책으로밖에 안 들려. 날 흥분시키지 마. 너희가 부드럽게 나올수록 난 더욱더 흥분하고 전쟁놀이하고 싶어진단 말이야. 내가 주제넘게 충고 한마디 더 할게. 평화는 평화적으로만 대응해서는 지킬 수 없어. 평화를 위해서는 때에 따라서 강하게 대응해야 될 때도 있다구.'

김정일의 마지막 충고가 의미심장하게 들린다. 그렇다. 김정일 생각에서도 알 수 있듯이 김정일의 최종 목표는 무력통일이기에 그것에 걸림돌이 되는 미·일의 개입을 막기 위해 핵탄두를 장착할 수 있는 중장거리 미사일을 만든 것이다. 지난번 북한의 로켓이 일본의 영공을 가로질러 북태평양에 떨어졌을 때 일본이 북한의 로켓을 중장거리용 대포동 미사일이라고 단정짓고 쫄아서 현재 야단법석을 떠는 것은 자국의 안보가 히스테릭한 파워를 과시하는 김정일로부터 위협받고 있기 때문이다.

이같은 상황은 1994년과는 다른 것이다. 그 당시에 일본은 지금처럼 쫄지는 않았다. 왜냐하면 1994년에는 남한만을 위협했기 때문이다. 그러나 지금은 대포동 중장거리 미사일로 미국은 물론 일본까지 위협하고 있으니 쫄 수밖에. 그런데도 오로지 한국만은 쫄지도 않고 군사적인 대응 방안도 강구하지 않은 채 태평하게 북을 향하여 햇볕만을 쬐고 있다. 이건 아무리 봐도 아니다. 우리가 북을 향하여 똑같이 무식하게 힘싸움을 하자는 것은 아니지만 적어도 최소한 김정일의 전략적 의도는 제대로 인식하고 있어야 한다.

햇볕정책이 과연 가장 현명한 정책일까? 햇볕정책만을 취하고 있다가는 언제 전쟁이 터질지 모르고 그렇게 되면 한국은 잿볕으로 퇴색할 수밖에 없을지도 모른다. 망명한 황장엽 전 서기는 이렇게 말했다.

남한을 한 수저에 먹을 욕심이 김정일의 시야를 가린다.

"현 북체제가 존재하는 한 전쟁의 위험은 항구적으로 존재한다고 보아야 할 것이다. 북한은 무력통일을 기본 방침으로 내세우고 있지만 승산이 없기 때문에 남침전쟁을 일으키지 못하고 있다."

‘현 북체제가 존재하는 한 남침전쟁의 위험은 항구적이다’라는 황장엽 씨의 말은 그러니까 앞서 김정일 생각에서 한 말과 같은 맥락에서 이해할 수 있다. 절대독재 국가가 존재하는 한 남침전쟁의 위험이 항구적인 것은 당연하다. 정권이 바뀌지 않는 한 남침전쟁은 첫 번째 전략일 수밖에 없는 것이다. 그럼 이제 북한이 국가적인 첫 번째 목표를 성공적으로 이끌기 위하여 추진하고 있는 것들을 살펴보자.

우리가 잘 아는 핵과 미사일 말고도 중국은 현재 화학공격 능력을 완벽하게 구축해 놓은 상태다. 그리고 북한의 전 주민은 방독면을 가지고 있다. 정부에서 나눠준 것이다. 왜 그랬을까? 한·미 양국의 화학공격에 대비하기 위해서? 아니다. 오직 공격하기 위해서다. 한·미 양국은 군사 교리에서 화학무기의 선제 사용을 제외시켰을 뿐만 아니라 국제화학무기 금지조약에 가입함으로써 국제화학무기의 사용은 물론 이의 개발, 이전, 보유를 금하고 있다. 그런데 북한은 1997년 4월 29일 발효된 화학무기 금지조약의 가입을 거부하고 있어서 북한이 화학무기를 생산, 보유하고 있다는 사실을 증명하고 있다.

북한은 또한 80년대 말에 생체실험을 완료했고 생물무기 생산 가능 시설을 보유하고 있기 때문에 화학공격뿐 아니라 생물공격도 갖춰 놓은 상태다. 물론 국제 사회의 생물무기 금지조약에 남북한 모두 가입하고 있지만 조약 이행 여부를 확인할 수 있는 국제사찰 제도가 없어서 무용지물에 불과한 기구이므로 북한이 생물무기를 확보하는 데 아무런 제약이 없다. 북한은 이처럼 생화학무기와 핵탄두 중장거리 미사일을 가지고 남침을 노리고 있는 것이다. 또한 김정일이 지금보다 더 분별없이 행동한다면 전쟁은 현실이 될 것이다. 그래서 우리는 북을 향하여 햇볕만을 쬐며 안심하고 있어서는 안되는 것이다.

　김정일의 지금까지의 분별없는 행동 경력을 보더라도 안심은 금물이다. 김정일이 얼마나 분별없는 사람인가 하면, 누구나 아는 사실이지만 자국민을 굶겨가며 오로지 군사력 증강에 주력하는 것만 봐도 알 수 있다. 세계에서는 인도적 차원에서 굶는 북한 주민을 위해 식량 지원을 아끼지 않았지만 그것은 모조리 김정일 이하 특권계층과 군사력 증강을 위해 쓰여졌지 않은가. 혹자는 북한 주민이 다 죽어 가는데 무슨 힘이 있어서 북한이 기습 전쟁을 펼치겠느냐고 반문하지만 그것은 김정일의 실체를 모르고 하는 말이다. 오히려 북한 주민과 북한의 군사력은 반비례한다는 것을 알아야 한다.

별 볼일 있는 하라주쿠 뽀짝 옆

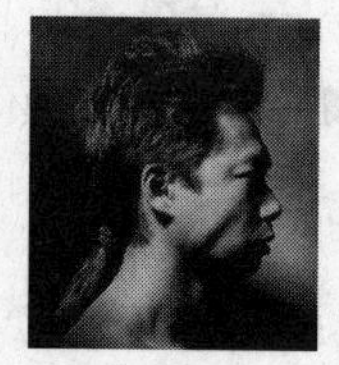도쿄의 서남쪽 시부야, 하라주쿠, 아오야마, 그 중에서도 하라주쿠는 일본 젊은이들의 패션 해방구다. 시부야는 학생 중심 도시로 패스트푸드점과 카페가 즐비해 있지만 하라주쿠는 노인들도 많다. JR 하라주쿠에서 '난 달라'를 몸소 실천하는 애들이 물밀 듯이, 꾸역꾸역 나온다. 역에서 걸어 5분이면 6층짜리 패션몰 '라포레'를 만날 수 있다. 라포레의 가와사키 도시오 관장은 장사가 잘되는 이유를 전라도 사투리와 일본식 발음을 섞어 이렇게 말한다.

"아따(Water : 물) 조으니까."

라포레 입점 브랜드의 40% 정도는 마이너 브랜드다. 물론 그런 마이너 브랜드가 많이 커서 유명 브랜드가 되면 당연히 쫓겨나게 된다. 그 이유를 가와사키 관장은 이렇게 말한다.

"마니커쓰니까."

이러한 철저히 잠재된 가능성을 보고 입점을 허가하는 라포레만의 차별화를 바탕으로, 공격적인 마케팅 전략(고객이 원하는 것을 미리 알아내 앞으로 유행할 패션을 제안하는 이른바 '유행통신' 기능)

을 고수하는 것이다. 라포레는 78년 설립 이래 계속 커가고 있다. 그래서 사람들은 말한다. 하라주쿠에 가면 라포레를 꼭 가보라고

하라주쿠 공원에 간다. 그리고 본다. 통아찌를 능가하는 막춤의 젊은이들을! 그들은 막춤 뿐만 아니라 의상도 통아찌와 쌍벽을 이룬다. 통아찌가 빨간 여자 내복 비슷하게 유니섹스한 의상을 입듯, 이곳 젊은이들도 만만치 않게 유니섹스 풍의 의상으로 통아찌에게 도전장을 내밀고 있다. 즉 이너웨어로 핑크 계열의 스판 티를 입고 여기에 시가렛 팬츠를 매치하는 식의 의상으로 통아찌의 심기를 불편하게 하고 있는 것이다.

거기다가 통아찌를 향해 날리는 결정타! 그것은 통아찌에게 없는 하라주쿠 공원 젊은이들만의 그 무엇이다. 그것은 바로 피아스! 온몸의 곳곳을 관통한 반짝이는 피아스를 보면 천하의 통아찌도 무릎을 꿇게 될지 모른다. 통아찌 파이팅!

아방가르드한 모더니티가 돋보이는 그녀들! 그런 그녀들을 보려면 하라주쿠에 간다. 레드 컬러의 스판 셔츠와 샤이닝 소재의 스판 소재가 만날 때! 거기다 프린트가 돋보이는 세미 고어 스커트를 걸친 그녀들에게 아방가르드한 모더니티가 느껴진다.

그녀들의 이러한 의상에 매료된 시선이 어느덧 아래로 향할 때쯤 우린 더욱 친근감을 느끼게 된다. 그녀들의 신발, 그러니까 빅 사이즈의 통굽 신발이 한국에서도 유행하므로

혼돈된 자아에서 비롯되었든 어쨌든 하라주쿠 아이들의 패션은 도발적이다. 도발적인, 너무나 도발적인! 이마를 드러내고 묶은 사무라이적인 헤어, 걷어올린 팬츠, 플라워프린트의 블루 셔츠, 발가락이 보이도록 신은 조리, 언밸런스하다. 머리끝에서 발끝까지 고

집스럽게 드러낸 언밸런스 패션! 그래서 난 가게 될지 모른다. 무서운, 멋진 날엔 가게 될지 모른다. 하라주쿠를!

그래, 무서운 멋진 날엔 하라주쿠에 가고 싶다. 바람 부는 날엔 압구정동을 헤맸던 것처럼…….

하라주쿠에서 JR 한 정거장 건너편에 있는 시부야, 하라주쿠 뾰짝 옆에 있는 시부야, 시부야 역의 동경문화회관 8층엔 지름 20미터 돔의, 예쁜 별들이 투영되어 우주를 느끼게 해주는 천문 박물관 코도 프라네타리움을 만나게 된다. 그렇다, 하라주쿠 뾰짝 옆은 별 볼일 없는 곳이 아니다. 분명히 별 볼일 있는 곳이다.

배우는 눈빛 하나만으로도 모든 것을
나타내듯, 읽지 않고 보는 것만으로도 여러 가지
의미가 전달되기를 바라는 뜻에서
이번에는 피라미드를 구조하여 일본인의
철저한 서열 의식을 나타내 보았다.
의도적인 쉼표의 부재를 통하여
‘전후 쉼없이 달려온 일본인의 근면성을’,
면과 모서리가 공존하는 피라미드에서
‘일본인의 양면성을’, 극도의 간결체와 함축법은
‘일본인의 축소지향적인 면모를’,
띄어쓰기를 무시함으로써
‘헤아리기 힘든 일본인의 속마음을’,
모든 글자를 똑같이 169자(영문 제외)로
통일함으로써 ‘일본인의 틀에 박히고
형식 지향적인 모습을’,
마침표의 부재를 통하여 배우의 몸짓 169가
‘과거의 이야기가 아니라 내일을 여는
이야기’라는 것을 표현해 보았다.

1

일본 정치인은 만능 엔터테이너

일

본연예

계는만능엔

터테이너천지다

그런데그들에게도전

장을낸사람들이있다바로

일본정치인이다일본정치인은

만능엔터테이너로서전혀손색이없

다일본정치인은연기자다관료가써준대

본을실감나게연기한다특히국회에서보여주

는액션연기는일품이다일본정치인은개그맨이다

국회에서자는모습이웃기다그런데일본연예계는한국

정치인을스카웃하려한다한국정치인이더웃기기때문이다

2
관료 수난시대?

일
본정치
인이돈만밝
히고다닐때일본
관료는정치인의머리
꼭대기에서정치인을좌지
우지하며(주)일본을겉만번지르
르하게경영해왔다그런데거품경제
가자취를감추고불경기가시작되었다정
치인은관료에게책임을추궁하면서경영권을
잡으려한다거기다엎친데덮친격으로관료들의부
정부패가매스컴으로보도되고국민들의관료에대한불
신감이커졌다하지만일본관료들의아성은단단하기만하다

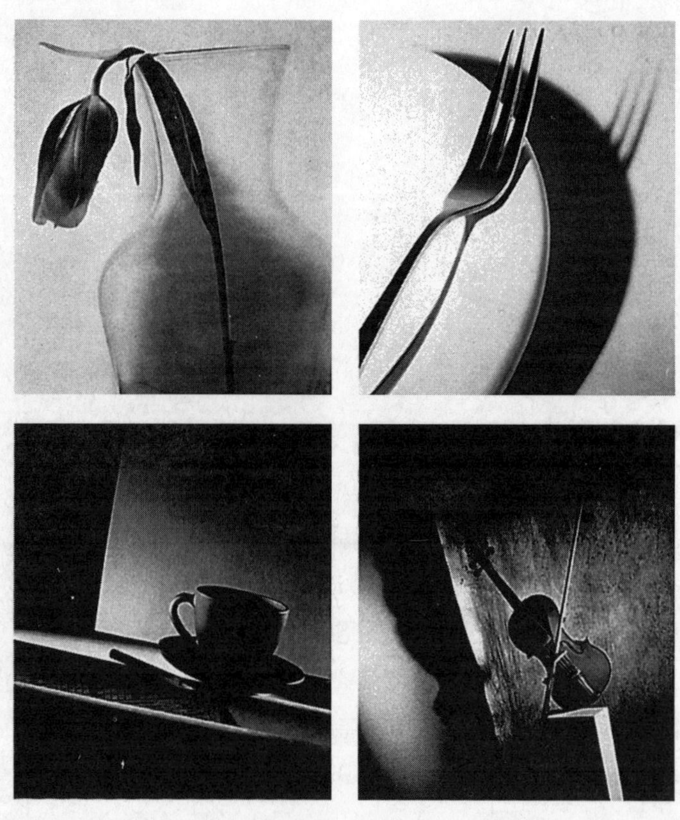

고개 숙인 그이를 포크로 찍듯이
찍어 버리고 언제나처럼 바이올린 선율에 맞춰
한가로이 커피 한 잔을…….

3
일본 남편은 아내 손바닥 안에

일
본여성
은애교가많
고싹싹하다고생
각할지모르지만그것
은옛날말이다일본인부부
의아내는남편위에서군림하는
경향이점차확산되어가고있다일본
에서아내에게남편이라는존재는돈을벌
어오는기계이상도그이하도아니라는식의태
도역시늘어나고있는실정이어서무능한남편은아
내에게서버림받을수밖에없는시대가도래한것이다또
한일본여성은정치경제적으로도상당한힘을발휘하고있다

4
일본 본색

일
본인을
잘모르는사
람은일본인의색
을화이트라고말한다
일본인이너무친절하고상
냥해서흰눈처럼착해보이기때
문이다일본인을조금아는사람은일
본인의색을블랙이라고말한다일본인은
속마음을절대로털어놓지않고솔직하지못해
서진심을도무지헤아릴수없기때문이다일본인을
잘아는사람은일본인의색을블루라고말한다일본인의
이기적인태도에서기인한국민적인양면성을알기때문이다

5

일본 관료에게 창조란 없다

일
본관료
에게1+11이
무엇이냐고물으
면뭐라고대답할까다
른관료들과합의를한후에
대답하겠다고할지도모른다그
만큼일본관료들은자기주장을내세
우지않고합의만을한다그이유는책임을
회피하기위해서다일본관료들은현상유지만
을목적으로한다고해도과언이아니다설사일본관
료중에진보적인의견을내놓는사람이있다할지라도여
러사람과의합의과정에서그의견은진보성을상실하게된다

우린 급박한 상황에서
오! 주여, 대신 oh, my God을 외친다.

6
존중의 가치

한
국인은
김치를밑반
찬이라고생각하
지만일본인은기무치
를요리라고생각한다한국
식탁에서는밥을먹기위한김치
다그러나일본식탁에서는하나의개
체로인정받은기무치다학교선생님은학
생의소질을계발시킬의무가있다칭찬은학생
의능력계발에효과적이다일본은기무치의소질을
계발시켰다그래서외국인들은기무치를잘알지만상대
적으로김치를잘모른다작은것의가치도존중하는일본이다

7
심리학에 적중하는 일본인

B
=F(P×
E)B:사람행
동P:성격E:사회
환경F:함수이다위의
공식은형태주의심리학자
퀼러가주장한장이론이다그에
따르면사람의행동이인간과환경의
경의상호작용함수로결정된다고한다사
회구조내에서한쪽의변화가다른쪽의변화를
유도한다는말이다가령노름판에서바람잡이가주
위사람의심리를변화시키는것처럼말이다일본인은자
신의주관을내세우지않고주위흐름에휩쓸리기를좋아한다

8
심리학에 역행하는 일본인

인
간은친
한사람에게
자신의속마음을
털어놓으려고한다자
신에게고민이있거나화가
날때친구에게털어놓으면카타
르시스를느끼게돼서정신적으로정
화가된다또한고민을털이놓으면서자신
의문제에대한자신의생각을명확히할수도있
다이뿐아니라그르첼라크에따르면별로친하지않
은친구에대한배경지식을얻을수도있다그런데일본인
은아무리친한친구에게도속마음을털어놓으려하지않는다

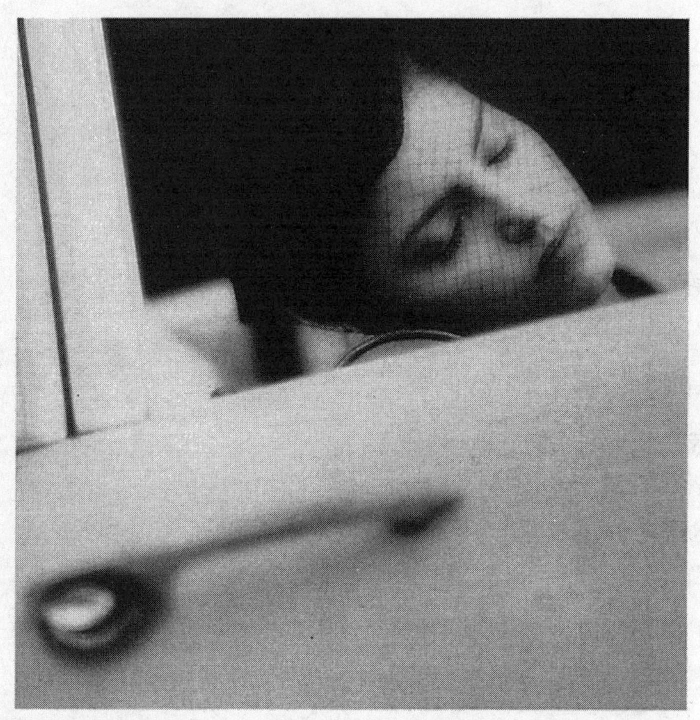

사진 속 그녀는 꿈속에서, 꿈에도 그리던 그녀의 첫사랑 그녀를 만난다.

9
성 구분도 자유시장 경제원리

어
제일본
은인간의성
을신체구조의차
이에따라구분했다오
늘일본은인간의성을정신
적으로남성적이냐여성적이냐
의차이에따라구분한다내일일본은
인간의성을자신이좋아하는이상형의성
과반대의성으로선택할것이다즉신체적으로
남성일지라도자신이좋아하는이상형이백마탄왕
자라면그자신의성은여성이고신체적으로여성일지라
도좋아하는이상형이현모양처라면그자신의성은남성이다

저도 롱다리라구요. 한국에선요.

10
빼어나자

세
계46개
국친절도비
교에서한국43위
일본인의친절은상술
적이라서차라리무뚝뚝하
더라도불친절한한국인이낫다
는말을하는사람이있지만무뚝뚝하
다고비상술적인것은아니며던지습관의
차이때문인경우가더많다일본에서는모두친
절하므로자기만친절하지않으면장사를할수없지
만한국은그렇지않기때문이다따라서같은친절이라도
한국에서친절하면비교우위의효과를얻을수있다빼어나자

11

나폴레옹에게서 배우자

일
본기업
의린생산방
식을앞서려면빠
른기업이어야한다급
격한환경변화에적응하여
지적능력을기반으로고부가가
치제품과서비스를빠르게시장에제
공하여고객만족을시켜야한다미국기업
은일본기업과의경쟁에서수세에몰렸을때다
층의사결정을단순화하고신제품생산에소요되는
리드타임을단축하여결정된의사의즉각적수행으로극
복했다나폴레옹의기동성처럼빠른경영으로극복한것이다

12
문화 상대주의의 허점

사
람은고
기를먹으면
서살생은나쁘다
고말한다사람들은문
화상대주의라는이유로남
의문화를너그러운시선으로바
라본다하지만그누가일본인처럼어
렸을때부터사고방식의자유를뺏기고지
나친사회적억압을받고싶겠는가그누가가족
을외면하고회사와결혼하고싶겠는가그누가자신
의주장을숨기고다른사람과의합의에휩쓸리고싶겠는
가이게바로자신참여의독단이며문화상대주의의허점이다

13
상실에 대한 참회록

허
무적인
너무나허무
적인고도자본주
의사회에서순수한사
랑을찾는건도전하는너무
나도전하는것이겠지만결코쉬
운일은아니다이것이바로지금일본
아니전세계의흐름이다우리는지금불확
실성의시대에살고있다우리는지금안개가자
욱이쌓인가운데에서방향감을상실한채어디로가
야할지를모른다하지만그자리에머물러있을수만은없
다어디로든헤쳐나아가야한다당신은지금어디에서있는가

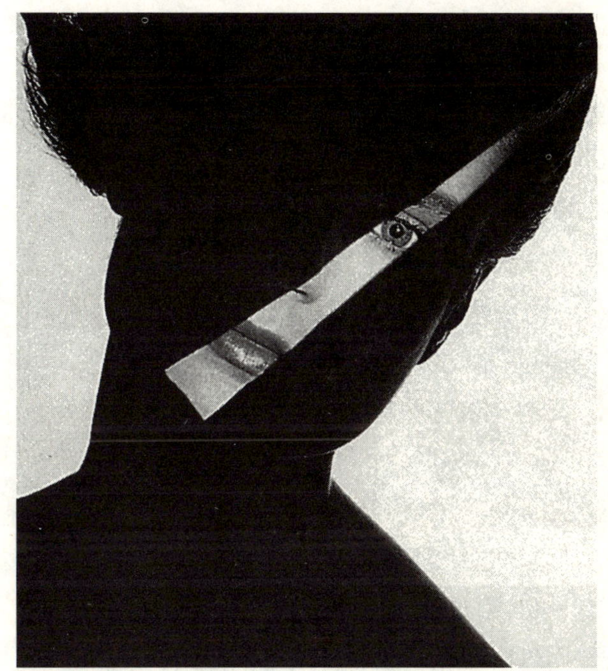

오늘, 처음 참회했고 한쪽이지만 제 시선을 되찾았습니다.
내일 또다시 참회해야겠지요. 저의 상실에 대한 참회를.

14
세계학교 아시아반 1

출
석부르
겠습니다1
번한국2번중국
3번일본우리는다같
이아시아반소속입니다우
리옆반은유럽반입니다세계학
교에선지금까지유럽반만을우등반
으로인정했습니다그래서우리아시아반
은유럽반만을따라했습니다특히일본은아예
유럽반에스파이를두었습니다하지만이제상황이
변하고있습니다물질적인유럽반을정신적인아시아반
학생들이능가하고있습니다21세기의세계학교비전아시아

15
세계학교 아시아반 2

오
늘도일
본학생이결
석했다왜결석했
냐고물었더니아시아
반은시시해서더이상배울
것이없다고말한다그러더니재
빨리유럽반으로달려간다물론언제
나그랬듯이도강을하기위해서다일본학
생은유럽반애들꽁무니만쫓아다니면서아시
아반학생들을무시한다유럽반애들에게콤플렉스
가있으면서도유럽반애들이입다가걸레가된청바지를
비싼값에산다그런데한국학생은그런일본학생을따라한다

16
세계학교 아시아반 3

일

본학생

아버지회사

에서일하던중국

학생이불만을털어놓

습니다왜냐고물었더니치

사해서그런답니다중국학생을

엔강도로몰면서바라보는눈초리도

무서울정도랍니다엔고현상때문에일해

야하지만그러나인간이하의취급까지받으면

서다닐필요는없다며차라리한국학생아버지회사

를권유했더니이렇게말하더군요한국학생의아버지회

사도치사하기는일본학생의아버지회사와마찬가지라구요

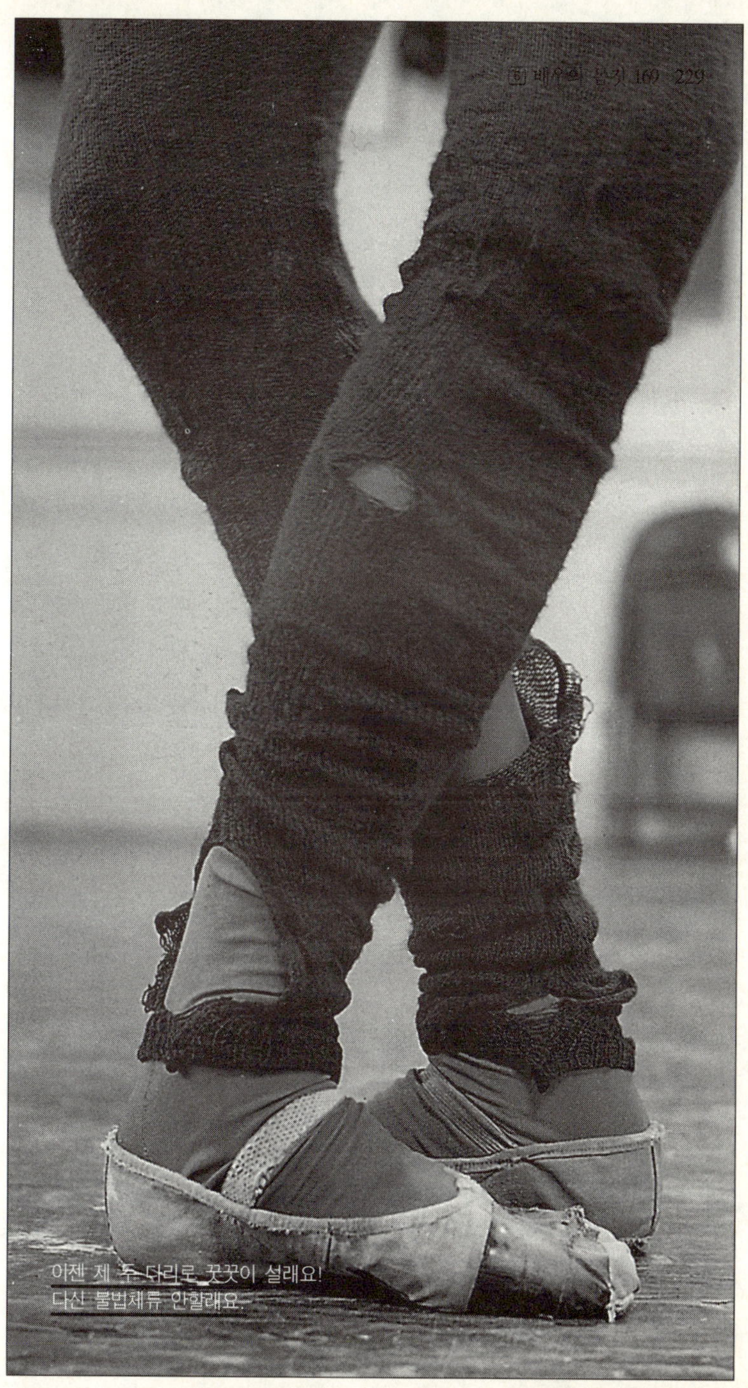
이젠 제 두 다리로 꼿꼿이 설래요!
다신 불법체류 안할래요.

17

세계학교 아시아반 4

오
래전에
일본학생이
한국학생과싸운
적이있었는데그때일
본학생은한국학생의여동
생을성폭행했습니다시간이많
이흐른후한국학생은여동생의피해
보상금을달라고말했습니다그러자일본
학생은돈이없다고말했습니다한국학생은일
본학생이부자인것을알기에이해할수없다고말하
자일본학생은자신의아버지가미국에빌딩사는데돈을
다써서자신의용돈도한국학생보다적다고불평을하더군요

유구무언입니다. 저의 가식적인 눈빛은
차라리 편집해 버렸습니다.
—일본 학생 왈

18
Be + P.P

일
본인은
술을사겠다
고말하지않고술
을사게됐다고말한다
일본인은이같은수동적인
표현을굉장히많이쓸뿐아니라
매사가수동적이다자신의주장을먼
저말하지않고상대방의주장을들어준다
왜일본인은수동적일까그이유는집단주의에
있다일본에서는개인이아무리잘났더라도집단의
울타리를벗어날수없고집단이하자는대로따를수밖에
없기때문에일본에서살다보면수동적으로되지않을수없다

사진에 찍혀진 제 모습 어때요?

19
GO JAPAN?

일
본어를
배우기위해
서또는선진과학
을배우기위해서또는
일본의전통문화에관심이
있어서또는학술자료가풍부해
일본을가려는사람들이참많다하지
만그들에게일본에서살고싶냐고물으면
살고싶지는않다고말한다그이유는물가가너
무비싸기때문에둘째집이너무비좁기때문에셋째
지진이두렵기때문에넷째한국보다사람이더북적대기
때문에다섯째문화의차이를극복할자신이없기때문이란다

20
일본적인 너무나 일본적인

일
본인이
라고해서일
밖에모르는것은
아니다특히히로시마
에사는사람들은여가를즐
길줄안다히로시마인은타지역
에사는일본인에비해상대적으로자
기주장이강한편이다일본에서는신제품
을출시하면히로시마에서의판매량이좋은지
나쁜지에대해굉장히민감한반응을보인다히로시
마에서잘팔리면준비된히트상품이고히로시마에서안
팔리면준비된재고상품이다그만큼히로시마는일본적이다

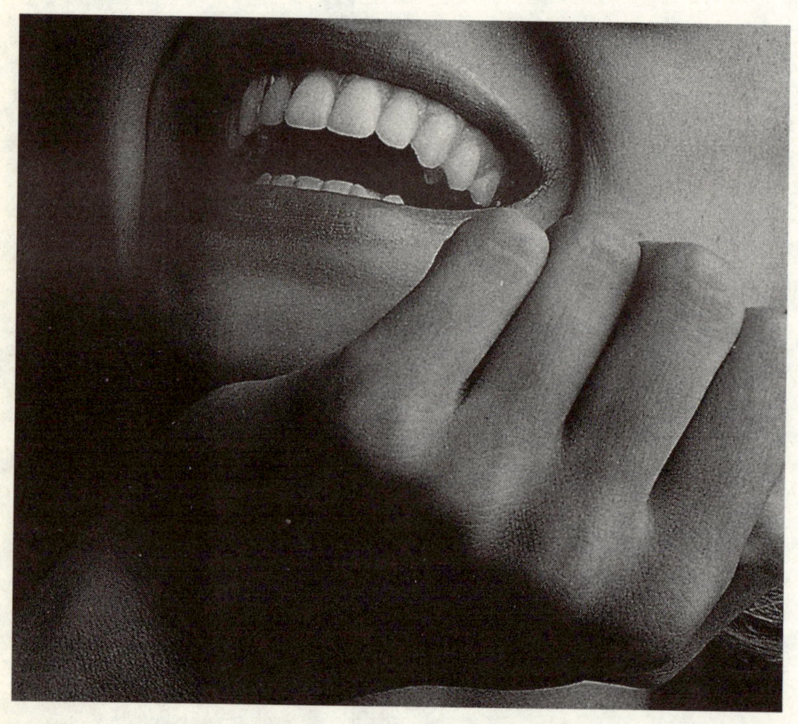

남의 시선을 의식하는 제 시선은 차라리 감추겠습니다.
― 하라주쿠의 한 10대

21

도쿄적인 너무나 도쿄적인

고
도자본
주의사회의
정점에서있는일
본의수도도쿄에사는
도쿄인들은소탈하고검소
하지만쩨쩨하지는않으며다른
사람의시선을굉장히의식한다다른
사람이나를어떻게생각할까다른사람이
나의사고방식을어떻게받아들일까다른사람
이내게호감을가지고있을까등등의생각을먼저한
다이같은성향때문에체면을차리려고하고다른사람들
에게의존을하려는성향이강함과동시에지극히권위적이다

22
일본 신인류와의 정신적 교감을 찾아서

성
스러운
마음으로기
도하자고교회목
사님이말씀하신다그
러자예배보러온대부분의
사람들이기도를한다그런데몇
몇학생은웃는다성스러운성을SE
X로상상했기때문이다미국인이일본인
에게묻는다HowToStudyJapanese그러자일본
학생이웃는다일본학생들은HOWTO라는말만들
어도웃는아이들이있다70년대에HOWTOSEX란책이
출판되었기때문이다이건세계학생들의동질적상상이다

그녀가 내 입술을 보면 키스하고 싶어질걸!
이건 전세계 학생들의 동질적 상상.

23
일본인의 0순위 직업관

서
울대교
수로임용된
후사표를내고부
친이경영하는호떡집
을이어받는다면헤드라인
뉴스로보도될것이다도쿄대교
수로임용된후사표를내고부친이경
영하는호떡집을이어받는다면뉴스에서
눈씻고찾아봐도보도되지않는다일본에서는
이것이너무비일비재한일이기때문이다일본에서
는장인이사회적으로엄청난존경을받는다또한부친이
터득한노하우와거래선과조언으로성공을보장받을수있다

24
외국 남자가 그렇게 좋대요

일

본의T

OKYOCLA

SSIFIE라는영어

판책자에는이런내용

으로가득하다20세일본여

성인데밤을함께보낼25세이하

의백인남성을구하고있습니다실제

로일본여성들은백인이나흑인남성을좋

아한다일본주둔미국병사들은돈을한푼도쓰

지않고술을마실수있다아쉬운사람이돈낸다고술

값은일본여성이내고러브호텔로간다흑인남성과관계

를마친일본여성들은이렇게말한다오래가는건따로있었네

한국 공무원은 헤드폰을 끼고 다니는지
민심의 소리가 안들린대요. 그런 그들에게
권하고 싶습니다. 레몬을 곁들인
냉수 한 잔을!

25
직위가 낮을수록 한술 더 뜨는 한국인

일
본에는
차이돌스타
라고불리우는아
주나이어린스타가국
민적인사랑을받는다한국
은아직일본에비해차이돌스타
가보편화되지는않았다하지만한국
에는나이는어리지않지만직위가낮은공
무원들일수록인허가및단속권을가지고구조
적인비리를저지른다부실공무원들의비리는부실
공사로이어진다한국공무원들의비리를규제하기위해
공무원이법을맘대로적용할수없도록기준을만들어야한다

26
사쿠라 꽃이 피었습니다

술
래가눈
을감고사쿠
라꽃이피었습니
다라고외친다그동안
친구들은자유롭게행동한
다하지만술래는그것을볼수없
다술래가눈을뜬다그리고친구들을
바라본다그러자자유롭게행동하던친구
들이모두동작을멈춘다즉술래가자신을보지
못할때는마음껏행동하고술래가자신을바라볼때
는가만히있어야한다그래야자신이술래가되지않는다
이것이바로상대앞에서철저히가식적인일본인의모습이다

지금은 표정 관리 안해도 되죠?

27
에바는 없다

신
세기에
반겔리온은
저패니매이션의
극치다작품의주인공
은싸울때마다정서불안증
상을보인다수많은일본신인류
들은이작품을통해자신들의현실에
서잃어버린정체성을찾으려한다그래서
극장에서상영되었던에반겔리온의종말끝부
분에서는애니메이션이아닌실사화면을넣음으로
써현실을회피한채만화속에서만자신의정체성을찾으
려는사람들에게만화는만화일뿐이라는것을직시하게한다

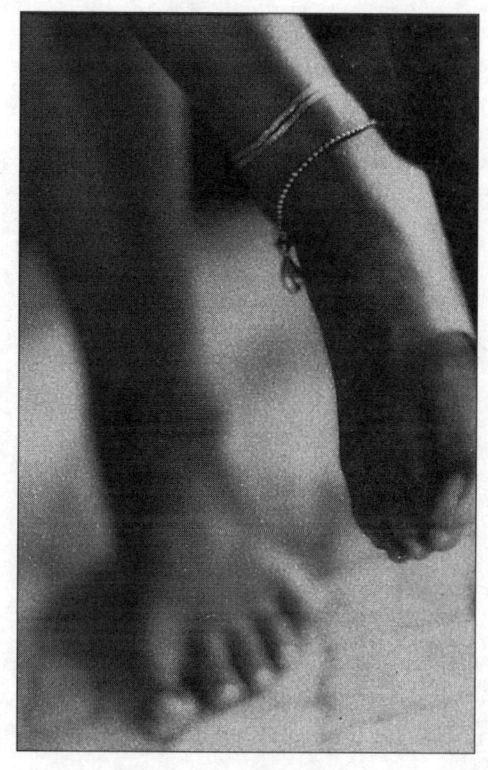

현실에게 짓밟힌 10대에게
에바는 있다. 그래도 에바는 없다.

28
블루

일
본인은
남을너무의
식해서남이보는
데서는나쁜짓을안한
다그러나남이보지않는데
서는범죄를쉽게저지른다일본
인은겸손하다그러나동시에건방지
다일본인은호전적이다그러나동시에평
화주의자다일본인은개인적이다그러나동시
에집단적이다일본인은상대앞에서감언이설만을
늘어놓는다그러나상대뒤에서는욕을한다일본샐러리
맨은일밖에모른다그러나전철치안의70%가샐러리맨이다

29
일본 부부 사이엔 섹스가 없는가

일
본인부
부의남편은
회사와결혼한다
그래서아내는남편으
로부터채우지못한애정을
자식에게쏟아붓고그것은과잉
보호의근원이되어어머니는자식이
히고싶다는대로해준다이것에길들여진
사내아이들은자신의아내가자신의어머니처
럼자신이하고싶다는대로해줄것을바라며아내를
어머니라고생각한다따라서아내와의섹스는근친상간
이라는생각이들기때문에아내와의섹스를기피하는것이다

제 포즈 '전체적으로' 괜찮죠?

30
이젠 평균 모형으로

일

본에서

출판된한국

관광안내책자엔

한국인이일본에게피

해의식이있으므로감정을

상하지않게조심하라는내용이

적혀있다가상모형으로사람을평가

하면사람의인싱을형성할때처음에부정

적인평가를받으면계속해서부정적인평가가

커진다반면에평균모형은처음에부정적인평가를

받더라도이후의태도에따라전체적으로좋은평가를받

을수도있다이제한국인은일본인을평균모형으로바라보자

이 시계는 방수시계가 아니다.
단지 친구들 시계가 물 속에 잠겨 있어서
무작정 물에 넣었다.

31
가치판단 기준의 부재

일
본의만
능엔터테이
너기타노다케시
는이런말을했다일본
인은빨간불에도여럿이가
면무섭지않다고말이다이말을
한국버전으로하면빨간불에도달려
가면무섭지않다라고할수있다그만큼한
국인은성급하고일본인은집단적이라는말이
다또한일본인에게가치판단기준이부재한다는것
을말해준다빨간불에건너는것은도덕적으로올바르지
않음에도불구하고남들과같이하면문제될게없다는식이다

32
비교분석 극과 극

한
국인은
적극적이기
때문에실패를무
릅쓰고라도맘먹은것
을실행한다그리고본전만
건지더라도손해는보지않았다
고생각한다반면에일본인은섬세하
고치밀해서실속이없어보이는일은절대
로하지않는다설사그일이금전적으로손해를
보지않더라도말이다일본인은금전문제뿐만아니
라그일을하는데쏟은힘과시간까지도계산하기때문이
다한국인이금전적으로만손익을따지는것에비해서말이다

계산된, 치밀한 포즈!
너무 일본적이다.

33
관료의, 관료에 의한, 관료를 위한

한
국에서
장관이라불
리우는일본대신
들은일본의관료독재
주의에맞설힘이없다일본
의관료는막대한양의정보와완
벽에가까운조직력으로일본국민의
생활을좌지우지하고있으며대신은그사
이에서굿이나보고떡이나먹는정도에불과하
다일본의정치인이기를쓰고개혁을하려고해도관
료들은끄덕없다그래서일본의합리적인사고방식의정
치인들은아예개혁을포기하고처음부터관료들과손잡는다

34
물 위의 한 시간

일
본에는
화산이유난
히많다일본은유
난히다습하다일본인
은유난히뜨거운탕에들어
가있기를좋아한다이런이유로
일본에는온천이많다이러한일본의
목욕문화는일본국민의수명을연장하는
데일조한다일본국민의수명연장은일본인구
의고령화를초래하고있다인구의고령화는사회적
인문제를야기한다인구의고령화로인한산업인구의감
소가그것이다그래서일본에서는노인산업이발달하고있다

보면 안돼!

35
블랙 1

검
은선글
라스를쓴사
람의눈동자가어
디를향하고있는지를
아는사람은오직선글라스
를쓴사람뿐이다눈동자가향하
는방향이궁금해서선글라스가까이
에자신의눈을가져가보면자신의눈만이
반사되어서보일뿐이다그런데선글라스를눈
에쓰지않고마음에쓰는민족이있다바로일본인이
다일본인의마음이향하고있는방향이궁금해서선글라
스가까이에자신의마음을가져가면더욱더마음을볼수없다

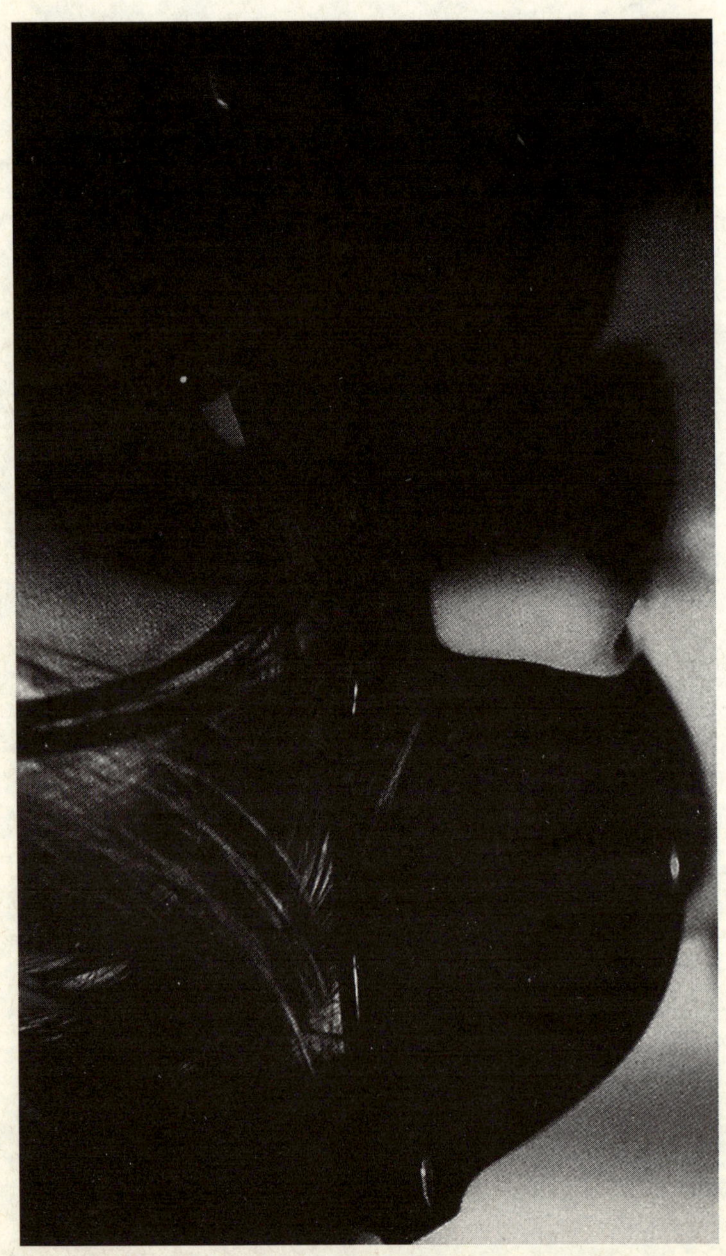

36
블랙 2

왜
선글라
스가까이에
자신의마음을가
져가면더욱더마음을
볼수없을까그이유는일본
인이자신의맘을알려는사람에
게더욱더속마음을들키지않으려하
기때문이다일본인이친절해서남에대한
배려심이많으므로속마음을알려달라고말하
면상대를배려하는마음에서알려줄지도모른다고
생각할수도있지만천만의말씀이다일본인이친절한이
유는남을배려하기때문이아니라자신을보호하기위함이다

37

국민은 관료의 지팡이

국

민의지

팡이가관료

가되어야마땅한

데일본에서는그반대

다관료들은국민의생활을

조종하며자신들의현상유지에

만최선의노력을다한다진정국민을

위한마음은온데간데없고자신들의직책

에서쫓겨나지않는게가장가치있는것이라고

그들의머리속에는각인되어있다그런데이런경향

은일본에만국한된것이아니다한국도만만치않다오죽

했으면공무원은상전이아니다라는책까지출판되었겠는가

38
매정

일

본여자

는남편대접

을극진히한다거

의하녀수준이다예를

들어남편이집에서술을마

실때면술상을차려줄뿐아니라

문쪽으로가서무릎을꿇고앉아있는

다술자리에남편친구가있으면남편친구

들사이를돌아다니며신속하게잔을채워준다

만약남편이식당으로간다면식당까지쫓아가서술

잔을채워준다그런데남편이정년퇴직금이나오는시기

에맞춰이혼을요구한다비록일부지만현재증가추세에있다

39
욕정이라는 이름의 전철

일
본인들
은남에게시
선을주지않는다
전철안에서춤을춰도
쳐다보지않는다일본인은
남의일에간섭을하지않는다치
안행각을벌여도간섭을하지않는다
일본인들은남이보지않거나익명성이보
장되면범죄를쉽게저지른다이런경향은손잡
이나신문을잡아야할손이이성의육체로향하는것
을부추긴다일본여성의90%가전철에서치안에게당한
경험이있다고한다오늘도전철속일본남자들은긴장을한다

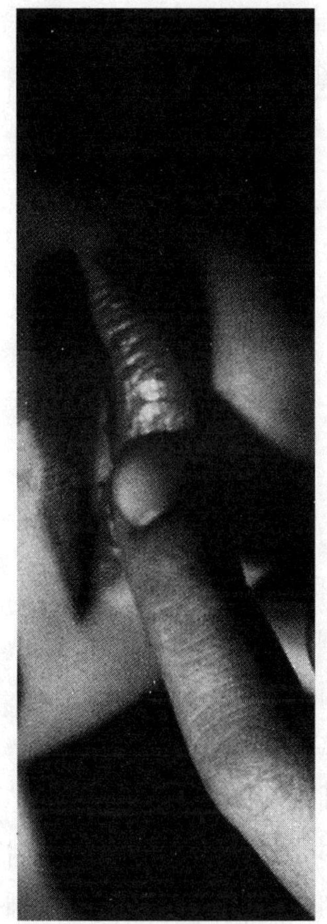

전철 안에서 입맛(?) 다시는 일본 남자들,
그들은 오늘도 긴장한다.
입맛 다시며.

40
살아남은 자의 슬픔

매
일매일
일본의학교
에서는여러명의
학생들이자살한다자
살한이유중에서가장비중
을많이차지하는것은이지메라
고불리우는집단적괴롭힘때문에견
딜수없었기때문이다이지메로인해자살
한학생들은보통장문의유언서를남기고떠난
다유언서의내용은대부분이렇다부모님죄송합니
다우리반에스메끼리라는학생이저를이지메대상자로
만들었고가장많이괴롭혔으니까제대신꼭복수좀해주세요

41
일본 문화 개방 반대론자는 톰소여

톰
소여가
담장을페인
트칠하고있었다
그때친구들이와서약
을올리니까톰소여는페인
트칠이재미있다고말한다그러
자친구들은페인트칠을하겠다고말
했지만톰소여는안된다고말한다마침내
톰소여는친구들로부터먹을것까지얻어먹고
페인트칠을시켰다톰소여는친구들에게반발심리
를활용한것이다일본문화개방반대론자들이개방을반
대하면반대할수록한국국민들의반발심리는더욱더커진다

42

진정한 천왕 구로사와

얼
마전세
상을떠나신
영화감독구로사
와는일본에서정신적
천왕으로군림했다정신적
천왕이야말로진정한천왕이다
일본에서진짜천왕은아무런실제적
권한이없는데반해진정한천왕구로사와
감독의영향력은절대적이어서진짜천왕을능
가한다구로사와감독의능력은아카데미상공로상
으로이어졌고그의작품들은해외에서숱하게리메이크
되었다한예로미국에서제작된라스트맨스탠딩을들수있다

Ace of Japan＝구로사와

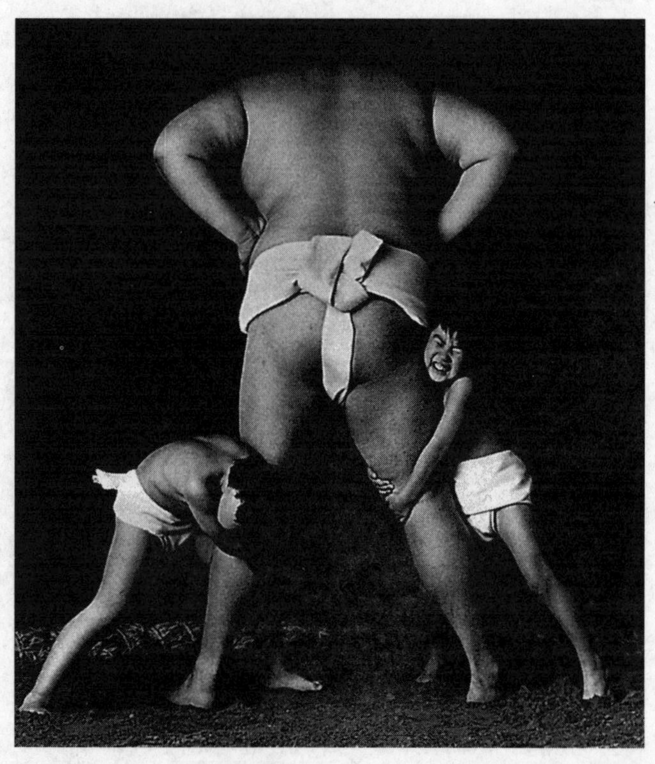

얘들아! 도와줘.
우린 같은 일본인이잖아. 어서 빨리!

43
일본인은 약하지만 일본인들은 강해요

일
본인은
회사와자신
을동격화하려는
경향이짙다그이유는
일본인이소극적이기때문
이다개인으로서는약한존재이
기때문에집단과의일체감을통해강
해지려는것이다그래서일본인은무력하
지만일본인들은강하다일본인은평화적이지
만일본인들은호전적이다일본인은무지하지만일
본인들은유식하다일본인은죽기쉽지만일본인들은쉽
게죽지않는다그래서일본인들이모여사는일본은강력하다

44
차가 좋아 차 가져와

일

본요코

하마다이고

쿠광장에서는언

제나차량을개조한자

동차매니아의열기를느낄

수있다그곳에서는차량의트렁

크에대형스피커를장착한차량을쉽

게만날수있다또한그곳에서는차량의색

상을화려한색상으로코팅한차량을쉽게만날

수있다그리고그곳에서는차량의뒷부분을하늘높

이들어서올린웨건을쉽게만날수있다일본인은마시는

차도좋아한다일본호텔객실에서는차를무료로마실수있다

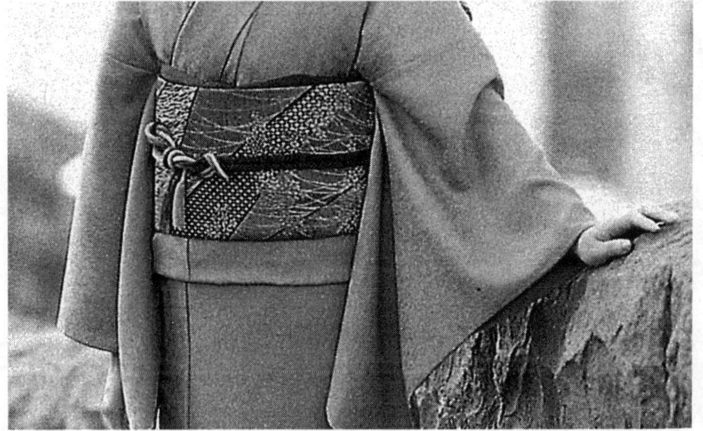

I love tea!
I love car!
I am Japance!

45

HAPPY TOGETHER

한
국인이
마신공기의
일부가일본인이
내쉰공기일수있다한
국인이내쉰공기의탄산가
스가일본의소나무가마신탄산
가스일수있다한국에내리는비가일
본인이흘린땀일수있다한국인의몸에있
는세균이일본인에게서전염된것일수있다일
본에내리는비가한국인의소변일수있다일본의에
이즈환자가한국인으로부터전염된것일수있다일본인
이마신공기의일부가한국인이내쉰공기일수있다공존공생

우린 늘 같이해요!
우린 늘 함께해요!
행복하게!

시사터치 하라주쿠 통신

1판 인쇄/ 1999년 8월 10일
1판 발행/ 1999년 8월 15일
지은이/ 채라
펴낸이/ 이종천
펴낸곳/ 오늘
등록일/ 1980년 5월 8일, 제10-104호
주소/ 서울시 마포구 용강동 45-8
전화번호/ 719-2811(대), 716-2811, 711-7571
팩스/ 712-7392

* 저자와 협의하여 인지는 생략합니다.
* 잘못된 책은 바꾸어 드립니다.

ISBN 89-355-0367-3 03800